Hans von Wyss

Beitrag zur Kenntniss der Brustdrüsen-Geschwülste

Antigonos

Hans von Wyss

Beitrag zur Kenntniss der Brustdrüsen-Geschwülste

Unveränderter Nachdruck der Originalausgabe von 1871.

1. Auflage 2024 | ISBN: 978-3-38699-449-1

Antigonos Verlag ist ein Imprint der Outlook Verlagsgesellschaft mbH.

Verlag: Outlook Verlag GmbH, Zeilweg 44, 60439 Frankfurt, Deutschland
Vertretungsberechtigt: E. Roepke, Zeilweg 44, 60439 Frankfurt, Deutschland
Druck: Libri Plureos GmbH, Friedensallee 273, 22763 Hamburg, Deutschland

Beitrag zur Kenntniss

der

Brustdrüsen-Geschwülste.

Inaugural-Dissertation

von

Hans v. Wyss

aus Zürich.

Zürich,

Druck von Zürcher und Furrer.

1871.

Meinen hochverehrten Lehrern

den Herren Professoren

Dr. C. J. Eberth

und

Dr. E. Rose

gewidmet.

Die vorliegenden Blätter haben zum Zweck, die klinischen und anatomischen Verhältnisse einer Anzahl Geschwülste der weiblichen Brustdrüse zu erörtern.

Die Carcinome wurden dabei von vorneherein von der Betrachtung ausgeschlossen, einestheils weil das mir zu Gebote stehende Material zu klein erscheint zur Besprechung von Fragen, die nur auf dem Weg einer grösseren Statistik beantwortet werden können, anderseits auch die anatomischen Verhältnisse der Carcinome nach allen Richtungen hin ziemlich vollständig bearbeitet sind, so dass ohne eine nochmalige Aenderung der Ansichten über die Tumoren überhaupt und ohne Auffindung neuer Untersuchungsmethoden Neues sich darüber schwerlich ergeben wird. Es soll also blos eine gewisse Zahl der sogenannten gutartigen Geschwülste hier besprochen werden. Weil aber die Anzahl derselben gegenüber den Carcinomen nur eine kleine ist, so ist selbstverständlich auch die Zahl meiner Fälle gering und ich bin daher weit entfernt, etwas Vollständiges oder gar Abschliessendes für die Lehre dieser Neubildungen bieten zu können.

Ihre klinischen Verhältnisse sowol wie die anatomischen sind noch in manchem Punkt nicht ganz festgestellt und hoffe ich daher, dass auch ein kleiner Beitrag zu ihrer Erläuterung von einigem Interesse sein könne.

Bei dieser Gelegenheit spreche ich meinen hochverehrten Lehrern Herrn Professor *Eberth* und Herrn Professor *Rose* meinen besten Dank aus für die Zuvorkommenheit, mit der sie mir das Material zur Verfügung gestellt haben.

Schon von jeher haben die Geschwülste der Mamma die volle Aufmerksamkeit der Chirurgen und Anatomen in

Anspruch genommen. Erstere waren seit Jahrhunderten bemüht, ein sicheres Heilmittel gegen den Brustkrebs zu finden und, siehe da, in der That war ihr Bestreben nicht ohne scheinbaren Erfolg. Die fortschreitende Beobachtung und Erkenntniss lehrte eine, wenn auch kleine Anzahl von Fällen aussondern, welche durch die Operation bleibend geheilt werden konnten. Die neuere Anatomie hat freilich erwiesen, dass diese keine wahren Krebse gewesen sind, sondern dass sie einen davon abweichenden Bau und Ursprung besassen. Praktisch ist dieser Unterschied jedoch nicht so gross, denn auch unter den sogenannten gutartigen Geschwülsten gibt es Fälle genug, wo die Tumoren so weit wachsen, dass sie die Haut durchbrechen und durch Ulceration und Jauchung die Constitution untergraben und schliesslich zum Tod führen, wenn das chirurgische Messer nicht vorher einschreitet und den Kranken ihre volle Gesundheit wieder gibt. Es ist daher den alten Praktikern wohl zu verzeihen, wenn sie mitunter Krebse geheilt zu haben glaubten. Anderseits hat die scharfe Unterscheidung zwischen den Carcinomen und den übrigen Geschwülsten der Brustdrüse das Gute gehabt, dass man nun die Fälle schon vor der Operation genauer scheiden konnte, in denen Radicalheilung zu hoffen war. Es ergaben sich allmälig gewisse Zeichen, aus denen mit einiger Sicherheit zu erschliessen war, man habe es in diesem Fall nicht mit einem Carcinom zu thun, sondern mit einer höchst wahrscheinlich gutartigen Geschwulst, die nach der Operation nicht wiederkehren werde. Es ist hervorzuheben, dass für diese differentielle Diagnostik die scharfe klinische Beobachtung anfänglich von grösserer Bedeutung gewesen ist, als die genaue anatomische Untersuchung und mikroscopische Analyse. Gegenwärtig verhält sich freilich die Sache anders, da sehr oft der Fall eintritt, dass zwei Geschwülste von ganz verschiedener anatomischer Herkunft und Structur klinisch das gleiche Bild bieten und erst das Mikroscop stellt dann fest, aus was für einem Gewebe die Geschwulst ihren Ursprung nimmt und entscheidet in der Folge mit mehr oder weniger Sicherheit über deren Charakter und Zukunft. Es ist mit der Heranbildung der Lehre von den Geschwülsten der Brustdrüse gegangen wie mit vielen andern Entdeckungen und Erfindungen. Man suchte den Stein der Weisen, d. i. die Methode der Radicalheilung des Krebses und fand statt des erstrebten Unmöglichen ein scheinbar geringfügiges Resultat, die differentielle Diagnostik der Geschwülste und damit die Ausscheidung der Fälle, welche radical geheilt werden können.

Auch für die Theorie boten die Tumoren der Mamma stets das grösste Interesse dar. Man kann wohl sagen, dass fast keine wichtigere Frage der Geschwulstlehre überhaupt nicht auch mit Bezug auf dieses specielle Gebiet zur Discussion gekommen sei. Es rührt dies daher, dass die weibliche Brustdrüse dasjenige Organ ist, welches wohl die grösste Anzahl verschiedener Geschwulstformen zeigt und zwar neben denen, die an andern Orten ebenfalls vorkommen, auch einige, die ihm specifisch angehören. Letzteres gilt allerdings nicht von den Elementen der Geschwülste; d'ese sind nicht anders, als wir sie auch an andern Orten treffen, wohl aber vom Aufbau dieser Elemente zum Ganzen, der Architektur der gesammten Geschwulst.

Unter den gutartigen Geschwülsten bilden den grössten Antheil die Cystosarcome, Cystofibrome und Cystomyxome, von Andern adenoide Sarcome oder adenoide Tumoren genannt. Auch die Fälle, welche mir zu Gebote stehen, gehören mit Ausnahme eines einzigen ausschliesslich dieser Gruppe an. Gerade diese Neubildungen erregten die besondere Aufmerksamkeit der Anatomen wegen ihres ganz eigenthümlichen, fremdartigen Aussehens. Ihre Stellung im System, ihre Herkunft und mikroscopische Structur war lange Zeit äusserst zweifelhaft und unsicher. Die übrigen gutartigen Geschwülste, wie die einfachen Fibrome und Sarcome, die

Lipome, einfachen Cysten und Galaktocelen sind zum Theil
sehr selten, zum Theil bietet ihr Verhalten in der Brustdrüse keine Abweichungen von ihren sonstigen Vorkomm-
nissen.

Schon die ungemein grosse Zahl der Benennungen,
welche den Geschwülsten der vorhin ersterwähnten Gruppe
im Laufe einer langen Zeit ertheilt worden ist, weist darauf
hin, dass man es mit sehr verschieden gestalteten Gebilden
zu thun hat, die keineswegs constante Charaktere zeigen
und deshalb nur schwer unter gemeinsame Gesichtspunkte
zu bringen waren. Auch differirten die Ansichten der verschiedenen Forscher über ihre Entstehung und Herkunft
so sehr, dass die einen sie bloss als Hypertrophien der normalen Drüse gelten lassen wollten, während andere darin
ein vollkommen neugebildetes, an die Stelle des alten getre-
tenes Pseudoorgan erblickten. Erst die Untersuchungen
von *Billroth* und *Virchow* haben auch hier anatomische
Klarheit in das Gebiet gebracht und vorläufig wenigstens
die Hauptfragen abgeschlossen.

Zur Verständigung über die anatomischen Verhältnisse
und behufs der Heranziehung und Vergleichung älterer Beobachtungen erscheint eine kurze Darstellung des historischen
Entwicklungsgangs der Lehre von den Cystosarcomen, wie
ich vorläufig die ganze Gruppe der Kürze wegen bezeichnen
will, unerlässlich. Man kann diese Geschichte in zwei Haupt-
abschnitte theilen, in den vor Anwendung des Mikroscops
zur Untersuchung und den nach derselben. Während der
ersten Periode fiel die Bearbeitung des Gegenstandes ausschliesslich den Chirurgen zu, in der zweiten betheiligten
sich neben ihnen auch die Anatomen daran.

Schon *Abernethy*[1]) erwähnt bei seinem Versuch, die
Geschwülste nach ihrer Structur zu klassifiziren, unter dem

---

[1]) Abernethy, medizinisch-chirurg. Beobachtungen. Deutsch von
Meckel. Halle 1809.

Namen des pankreasähnlichen Sarcoms einer Neubildung, die häufig und fast allein in der Brustdrüse gefunden werde, eine lappige Structur zeige und nach der Exstirpation nicht wiederkehre, selbst wenn, was in einigen Fällen eintrat, die Achseldrüsen betheiligt seien. Er gibt an, dass hie und da Schmerzen dabei vorhanden seien, dass selbst die Haut mitleiden könne, in der Regel aber beide Erscheinungen fehlen. Er erklärt diese Geschwulst ausdrücklich für nicht carcinomatös. Es mag hier erwähnt werden, dass Abernethy die Geschwülste im Allgemeinen in Sarcome und Balggeschwülste eintheilt und unter den ersten die Lipome, Fibrome, Sarcome und Carcinome als Unterarten begriffen sind.

Weniger glücklich war *Benedict* [1]) in seiner Beschreibung, wohl weil es ihm an Beobachtungen über den Verlauf operirter Fälle mangelte. Er beschreibt das Cystosarcom unter dem Namen des Blasenskirrhus unter den Krebsen im Ganzen recht genau. Es zeige sich Anschwellung in der Tiefe der Drüse von nicht bedeutender Härte und, besonders bei Zunahme der Geschwulst, deutliche Fluctuation. Unter allmäliger Vergrösserung werde die Oberfläche unregelmässig, es bilden sich neue Knoten und Nebenknoten. Wenn Verwachsung mit der Haut eintritt, so komme es zu Varicosität und bläulich rother Färbung ihrer Gefässe. Wie sich die benachbarten Drüsen dabei verhalten, wird nicht bestimmt angegeben, doch wird vermuthet, dass sie sich nicht wesentlich betheiligen. Charakteristisch sei der stechende, brennende, periodisch wiederkehrende Schmerz. Schliesslich wird gewarnt vor Verwechslung mit Balggeschwülsten und lymphatischen Anschwellungen.

Einen bedeutenden Fortschritt in der Erkenntniss der Geschwülste der Mamma bildet das ausgezeichnete Werk

---

[1]) Benedict, Bemerkungen über die Krankheiten der Brust- und Achseldrüsen. Breslau 1825.

von *A. Cooper*[1]), eine Darstellung, welche jetzt noch in vielen Punkten unübertroffen ist, vorzüglich in Betreff des ungewöhnlich grossen Materials, über das der berühmte Chirurg verfügte. Cooper theilt die gutartigen Geschwülste der Brustdrüse in eine Reihe von Unterabtheilungen, von denen uns vorzüglich zwei interessiren, nämlich die Hydatidengeschwulst und die chronische Brustdrüsengeschwulst. Die erstern zerfallen in die cellulösen Hydatiden, welche einfachen, zu Gruppen vereinigten serösen Cysten entsprechen, die in sehr verschiedener Grösse und Zahl zusammen oder vereinzelt vorkommen, in die Hydatidensackgeschwülste, welche den grossen, Höhlen enthaltenden Cystosarcomen entsprechen und in die kugligen Hydatiden. Letztere beruhen auf Parasiten, vermuthlich Echinococcus. Cooper gibt an, die Hydatidensackgeschwülste beständen aus mit Serum gefüllten Säcken, in welchen von der Wand polypöse Wucherungen ausgehen, die in der Flüssigkeit schwimmen. Die Geschwulst des beschriebenen Falles hatte, nachdem sie lange als kleiner Tumor stationär geblieben war, in Folge eines plötzlich beginnenden raschen Wachsthums eine enorme Grösse erreicht. Die chronischen Brustdrüsengeschwülste gleichen in ihrem Gewebe der normalen Mamma. Manchmal zeigen sich kleine Spalten im Gewebe und bei Maceration in Wasser lösen sich die einzelnen Läppchen sehr leicht von einander. Diese Geschwulst A. Coopers entspricht den kleinen Cystofibromen und Cystosarcomen, wobei aber nicht ausgeschlossen bleibt, dass auch einfache Fibrome und Sarcome darunter begriffen sind. Schon Cooper gibt an, dass in seltenen Fällen diese Tumoren bösartig werden können, besonders wenn sie bis zur Cessation der Menses bestehen bleiben. Wie man aus der Beschreibung sieht, hat A. Cooper durch klinische Beobachtung und nachherige Untersuchung

---

[1]) A. Cooper, Darstellungen der Krankheiten der Brust. Deutsch. Weimar 1836.

der exstirpirten Neubildungen deren Verlauf und Bedeutung in seinen Hauptzügen bereits richtig erkannt und gewürdigt. Mit ihm schliesst zugleich die Zeit ab, wo man sich mit der Erforschung der gröbern anatomischen Verhältnisse begnügte.

Mit der Aufstellung der Zellenlehre war man sehr geneigt zu glauben, dass gerade für die Geschwülste eine vollkommen befriedigende Erkenntniss ihres Baues und ihrer Genese nicht schwer zu erreichen sein werde, ja, dass sich vielleicht für jede mikroscopisch verschiedene Geschwulstform ein specifisch differenzirtes Element, eine specifische Zelle finden lasse, wodurch es dann äusserst leicht werde, die sämmtlichen Neubildungen zu klassifiziren. Die Folgezeit ergab bald, dass dies wenigstens für viele nicht zutreffe, aber man trennte sich nur schwer und langsam von dieser ersten, einmal angenommenen Ansicht, deren letzte Reste auch jetzt noch nicht ganz überwunden sind. Gerade für die uns beschäftigenden Geschwulstformen war der Irrthum folgenschwer und verhinderte lange Zeit hindurch eine unbefangene Auffassung der Verhältnisse, da nun von vielen Seiten überhaupt daran gezweifelt wurde, ob es sich beim Cystosarcom um eine eigentliche Neubildung und nicht um blosse Hypertrophie handle, da man eben keine specifischen Elemente darin fand.

Uebrigens traf es sich gut, dass in Deutschland gerade d e r Anatom und Physiologe die Erforschung der feinern Anatomie der Geschwülste und ihre Systematisirung an Hand nahm, dessen ausserordentlich umfassende Kenntnisse und weitreichender Blick vor Einseitigkeit und Befangenheit schützte. *Johannes Müller* [1]) nennt diejenigen Tumoren der Mamma, welche aus einer Combination von festem Gewebe mit Hohlräumen bestanden, Cystosarcome. Er sah in ihnen

---

[1]) J. Müller, über den feinern Bau und die Formen der krankhaften Geschwülste. Berlin 1838.

neugebildete, pathologische, ringsum abgeschlossene Hohlräume und unterschied unter diesen weiter drei Arten: ein
Cystosarcoma simplex, wo die Wandung der Hohlräume
glatt war, ein Cystosarcoma proliferum, wo von der
Wandung der Cyste kleine Auswüchse entsprangen, und drit-
tens das Cystosarcoma phyllodes, wo von den Wänden
der primären Cysten massenhafte, unregelmässig gekerbte,
solide Auswüchse ausgiengen, welche das Lumen der Cysten
so vollkommen ausfüllten, dass bloss Spalten im Gewebe
sichtbar blieben. J. Müller vergleicht diese Auswüchse mit
den dazwischen gelegenen Spalten den Blättern des Psalters
der Wiederkäuer und denen des kleinen Gehirns. Sie sitzen
bald mit breiter Basis auf, bald mit einem dünnen Stiel,
den Condylomen vergleichbar. Das Gewebe der festen Geschwulstmasse sowol wie der Auswüchse ist derb, von der
Textur des Faserknorpels, obwol keine Knorpelelemente darin gefunden werden.

Diese Beschreibung und Benennung der Geschwulst
wurde in Deutschland bis auf die letzten Arbeiten über den
Gegenstand allgemein als massgebend betrachtet und es war
für die weitere Erforschung der Geschwulstelemente und die
Ableitung ihrer Herkunft die bestimmte Grundlage gegeben.
Man konnte sich an die Beschreibung von J. Müller halten
und vermied viele sonst sehr leicht mögliche Verwechslun-
gen mit andern Tumoren, besonders mit Carcinomen. Auch
von J. Müller wird erwähnt, dass er regelmässig definitive
Heilung nach Exstirpation der Cystosarcome beobachtete mit
Ausnahme eines Falles, der einen malignen Verlauf nahm.

Genauere Untersuchungen über die histologischen Elemente lieferte *Bruch* [1]), der sich übrigens der Theorie von
J. Müller anschliesst. Auch er erklärt das Cystosarcoma
phyllodes für eine gutartige Geschwulst, wozu ihn das lang-
same Wachsthum, die Schmerzlosigkeit, die scharfe Begrän-

---

[1]) Bruch, die Diagnose der bösartigen Geschwülste. Mainz 1847.

zung und Verschiebbarkeit nach allen Seiten, die normale Beschaffenheit der Hautdecken und der Brustwarze, das Nichtergriffensein der benachbarten Drüsen und das ungestörte Allgemeinbefinden bestimmte. Im Ganzen beschreibt er drei Fälle, von denen die zwei letzten unzweifelhaft zum Cystosarcoma phyllodes nach J. Müller gehören. Sein damals oft besprochener erster Fall dagegen, wo nach Exstirpation der primären Geschwulst nach Ablauf von zwölf Jahren sich ein ächtes Carcinom in der nämlichen Brustdrüse entwickelte, ist entschieden nicht in dem Sinne aufzufassen, als ob der zweite Tumor in Zusammenhang mit dem ersten gestanden hätte, denn man fand bei der zweiten Operation die atrophirte Cystenwand, die von der ersten zurückgeblieben war, neben dem Carcinom unter der Haut wieder vor. Dieser Fall hat also mit der Frage der Malignität des Cystosarcoms nichts zu schaffen. Bruch's Beschreibung der Geschwulst enthält sofern eine Erweiterung, als er eine weiche Geschwulst mit bedeutendem Zellenreichthum wegen der Uebereinstimmung im gröbern Bau und den klinischen Erscheinungen doch zum Cystosarcoma phyllodes rechnete und für nicht carcinomatös erklärte.

Im Laufe der folgenden Jahre 1849 bis 1854 erschienen nun fast gleichzeitig eine grosse Anzahl von Untersuchungen über den Gegenstand, deren jede wieder die Sache von einem etwas verschiedenen Gesichtspunkte auffasst. Das Verständniss wird dadurch sehr erschwert, da man niemals sicher weiss, ob die betreffenden Forscher die gleichen Objecte vor sich hatten, was wegen der ausserordentlichen Polymorphie dieser Geschwülste nicht einmal wahrscheinlich ist.

Im Wesentlichen hatten sich Alle die Aufgabe gestellt, zu ermitteln, was für Beziehungen zwischen dem normalen Drüsengewebe und der Geschwulst bestünden und ob das in ihr befindliche Drüsengewebe ganz neu entstanden sei oder bloss einen Rest der ursprünglichen darstelle. *Birkett* betrachtete die Excrescenzen, welche von der Wand der Cyste ausgehen, als unvollkommen entwickelte, gleichsam embryonale Drüsenläppchen, denen Höhlung und Ausführungsgänge fehlen, und er nahm an, dass sie in die Cysten hineinwachsen, welche in dem interstitiellen Gewebe der Brustdrüse neugebildet sind. Zu einer verwandten Ansicht kommt *Paget*, da er die Auswüchse, welche die Cysten ausfüllen, als drüsenartige Tumoren bezeichnet, weil ihnen Ausführungsgänge fehlen. Ueberhaupt hätten die Höhlungen in diesen Brustdrüsengeschwülsten keine Communication mit den Gängen der normalen Drüse. Die von diesen beiden Forschern ausgesprochenen Ansichten beziehen sich wesentlich auf dieselben Tumoren, welche von A. Cooper als chronische Brustdrüsengeschwulst bezeichnet sind.

Reinhardt erklärte sie als partielle Drüsenhypertrophie und leitete die Entstehung der grossen Cystosarcome mit Hohlräumen durch Weiterentwicklung und cystische Ausbuchtung der Drüsengänge daraus ab. Wenngleich diese Ansicht nicht richtig ist, so gebührt ihr doch das Verdienst, die kleinen Geschwülste mit feinen Spalten, welche aus einem festen Gewebe bestehen, zum ersten Mal in bestimmte genetische Beziehung mit den grossen Cystosarcomen, der Hydatidensackgeschwulst von Cooper, dem Cystosarcoma phyllodes J. Müller's gebracht zu haben. Die Entstehung der letzten aus den ersten ist, wenn auch nicht für alle Fälle zutreffend, doch für viele unzweifelhaft nachzuweisen. Schon Reinhardt fand übrigens in den die Cyste ausfüllenden Excrescenzen häufig Drüsenbläschen mit Epithel, was ihn eben bestimmte, sie als hypertrophisches Drüsengewebe aufzufassen, eine Ansicht, die auch von *Lebert*[1]) getheilt wurde. Dieser Forscher hält überhaupt die in Frage stehenden Tumoren für keine Neubildungen, sondern sieht darin blosse partielle Hypertrophie der Mamma, weil man

---

[1]) Lebert, Anatomie pathologique.

mikroscopisch keine andern Elemente darin nachweisen könne
als Fasern, Epithel und Acinus-ähnliche Gebilde, also alles
Bestandtheile der normalen Brustdrüse.

Eine gegentheilige Ansicht vertritt *Rokitansky* [1]). Nachdem er die Neubildung von Kropf- und Prostatagewebe,
sowie von Schweiss- und Talgdrüsen in cystischen Neubildungen gefunden, suchte er auch nach Neubildung von
Brustdrüsengeweben und fand diese nach seiner Ansicht in
mehrern kleinern Geschwülsten der Mamma in der That vorhanden. Er sah die Cysten mit ihren vielfach gelappten Excrescenzen, die von der Wand in's Lumen hineinwachsen und
selbst wieder zahlreiche Buchten und Cysten enthalten. Ferner fand er darauf einen schleimigen Ueberzug, der aus zum
Theil fettig degenerirten Epithelien bestand. Dieser Ueberzug setzte sich fort in alle Buchten hinein, mit denen die
Excrescenzen versehen sind. Somit finde man in diesen
Geschwülsten, wenn auch bloss vereinzelt und zerstreut, da
andere Theile derselben aus solider, theils fasriger, theils
gallertiger Bindegewebsmasse bestehen, die Elemente der
Brustdrüse ganz isolirt wieder. Doch fehlen alle Vereinigun-
gen zu Ausführungsgängen, sowie ganz besonders ein Zusammenhang mit der originären Brustdrüse. Die Genesis
der Cysten und die Beziehungen der eingewachsenen Excrescenzen sind nach Rokitansky folgende: zunächst entsteht
im Bindegewebslager der Geschwulst aus einer Zelle ein
Alveolus, dessen Wand mit dem umliegenden Gewebe verwächst und der sich erweitert. In diese hinein wachsen nun
die kolbigen Excrescenzen mit Einstülpung der primitiven
Wand. In diesem incystirten Tumor bilden sich neue Drü-
senelemente, worauf wieder Einstülpung erfolgt. Im Weitern stellt Rokitansky fünf verschiedene Arten des Cysto-

---

[1]) Rokitansky, über die pathologische Neubildung der Brust-
drüsentextur und ihre Beziehung zum Cystosarcom. Wien. Sitzungs-
berichte 1851.

sarcoms auf, deren Unterschiede aber sämmtlich unwesent-
lich sind. In der Hypothese der Alveolenneubildung aus
Zellen steht Rokitansky ganz vereinzelt da. Wichtig ist aber,
dass er das Hineinwachsen des Stroma's in die Hohlräume
betont und den continuirlichen Epithelbesatz hervorhebt.

Mettenheimer [1]) schliesst sich in seiner Beschreibung des
Cystosarcoms nur theilweise Rokitansky an. Er fand die
Geschwulst bestehend aus einem fibrösen Balkennetz, in
dessen Maschen ein knorpelartiges Gewebe sass, das aus
Spindelzellen und Fasern bestand. Dieses scheinbar homogene,
knorpelartige Gewebe mit seiner fibrösen Kapsel sieht Mettenheimer als einen Alveolus an. Die Cysten mit zum Theil
flüssigem Inhalt, die nebenher in der Geschwulst sich fanden,
leitet Mettenheimer ebenfalls aus diesen scheinbaren Alveolen
her, indem der knorpelartige Inhalt sich allmälig von der
Kapsel ablöse und bis auf eine Stelle mit Flüssigkeit umgeben werde. Schliesslich komme dadurch das Bild der Cyste
mit ihren fleischigen Excrescenzen zu Stande. Dass aber
ein jeder solcher Alveolus aus je einer Zelle hervorgehe wie
Rokitansky behauptet hat, wird von Mettenheimer dahin-
gestellt.

Durch diese zahlreichen anatomischen Untersuchungen
waren viele Structurverhältnisse neu entdeckt worden und
es war dadurch besonders eine genauere Bekanntschaft mit
den histologischen Elementen gewonnen, aus denen das Cystosarcom besteht. Doch fehlte immer noch die befriedigende
Deutung des Verhältnisses zwischen der Geschwulst und der
normalen Drüse, ferner die Bestimmung des Ausgangspunktes
und des Verhältnisses zwischen dem drüsigen und dem binde-
gewebigen oder sarcomatösen Antheil. Bevor diese Aufgaben
gelöst wurden, übernahmen Schuh und Velpeau eine erneute
klinische Bearbeitung der gutartigen Brustdrüsengeschwülste.

----

[1]) Mettenheimer, Beschreibung eines Cystosarcoma phyllodes.
Müllers Archiv 1850.

Schuh [1]) nennt Cystosarcome alle Verbindungen von Cysten mit Geschwulstmassen. Letztere können so ziemlich alle Formen annehmen, die von Schuh überhaupt aufgestellt werden, ja oft spreche der feinere Bau für Krebs und dennoch erreiche das Uebel nur ausnahmsweise dessen Bösartigkeit. Mangel an Entartung der benachbarten Drüsen, die Geringfügigkeit der Schmerzen und besonders die Erfolge der Operation hätten ihn zu dieser Ueberzeugung geführt. Schuh unterscheidet im Wesentlichen zwei Formen von Cystosarcom der Brustdrüse: erstens die kleinern, festern Geschwülste, die er Cystosteatome nennt, welche langsam wachsen. Ihre Höhlen enthalten bald eine trübe, flockige Flüssigkeit, bald solide Geschwulstmasse, bald locker mit der Wand zusammenhängende drüsige oder lappige Auswüchse. In die zweite Klasse fallen die grossen, meist kugligen Cystosarcome, welche rasch wachsen (in 1—2 Jahren zum Umfang eines Kopfes z. B.). Diese sind nie schmerzhaft, nie mit dem M. pectoralis verwachsen, immer verschiebbar.

Es ergiesse sich von Zeit zu Zeit oder nur einmal eine dem Hühnereiweiss ähnliche oder braunröthlich gefärbte Flüssigkeit aus der Brustwarze mit Verminderung des Umfangs der Geschwulst. Die Haut sei alsdann mit ausgedehnten Venen versehen, an den erhabensten Stellen bläulich oder rothbraun gefärbt und zum Theil mit der Geschwulst verwachsen. Schuh warnt vor Verwechslung mit Markschwamm. Die Geschwulst entstehe bei Mädchen und Frauen, bisweilen auf traumatische Schädlichkeit, meist aber ohne alle Veranlassung.

Velpeau [2]) vereinigt die von A. Cooper getrennte chronische Brustdrüsengeschwulst und Hydatidensackgeschwulst wieder zu einer Gruppe, die er adenoide Tumoren nennt.

---

[1]) Schuh, über die Erkenntniss der Pseudoplasmen. Wien 1851. Pathologie und Therapie der Pseudoplasmen. Wien 1854.

[2]) Velpeau, traité des maladies du sein. Paris 1854.

Er sah eine sehr grosse Zahl solcher Fälle und bemüht sich namentlich, ohne Berücksichtigung der einschlägigen deutschen Arbeiten, den Unterschied in anatomischer und prognostischer Beziehung von den Carcinomen definitiv aufzustellen. Auf der andern Seite erklärt er sich gegen Lebert, der in den fraglichen Geschwülsten bloss partielle Hypertrophien der Brustdrüse sieht. Er findet zwar das Gewebe der Geschwulst dem normalen Brustdrüsengewebe ganz ähnlich, hält aber doch die adenoiden Tumoren für eigentliche Neubildungen, weil er sie stets abgekapselt von der Umgebung antraf und niemals durch einen Stiel mit der Drüse zusammenhängend. Seine anatomische Beschreibung enthält nichts wesentlich von A. Cooper und J. Müller Abweichendes, bloss ist auffallend, dass unter den im Ganzen so zahlreichen Fällen sich nur wenige grosse Geschwülste finden. Weitaus die Mehrzahl erreichte bloss die Grösse eines Hühnerei's. Combinationen von solider Geschwulstmasse mit ausgedehnter Cystenbildung finden sich unter Velpeau's adenoiden Tumoren gar nicht ausdrücklich erwähnt. Es scheint, dass ihm diese Fälle überhaupt nur in geringer Zahl zu Gesicht gekommen sind und dass er sie je nach dem Vorwiegen des einen oder andern Bestandtheils entweder unter die cystischen Geschwülste, deren er ebenfalls eine grosse Zahl beobachtete, oder unter die adenoiden Tumoren einreihte.

Im Gegensatz zu Velpeau schliesst sich *Busch* [1]) mehr der Auffassung Leberts an, indem er drei kleinere gutartige Tumoren der Brustdrüse, welche einen exquisit lappigen Bau zeigten, als Hypertrophie bezeichnet. Zwei von ihnen hatten übrigens die ganze Brustdrüse eingenommen und es ist mir etwas zweifelhaft, ob sie nicht vielmehr der diffusen Hypertrophie zuzurechnen sind, als dem Cystosarcom. Den vierten Fall dagegen, welcher ausserdem noch Cystenbildung zeigte, will Busch davon geschieden wissen, obschon

---

[1]) Busch, chirurgische Beobachtungen. Berlin 1854.

beide Formen viel Verwandtes bieten, und rechnet ihn zum Cystosarcom. An diesem Präparat gelang es ihm zum ersten Mal von den zum grössten Theil obliterirten Drüsengängen in der Nähe der Brustwarze aus vermittelst Sonden zunächst in die grössern Hohlräume der Geschwülste einzudringen und auch deren Communication mit den feinern nachzuweisen. Die kleinern gestielten Excrescenzen auf der Innenfläche der Hohlräume, welche das blätterartige Aussehen hervorrufen, betrachtet Busch als die hypertrophischen und cystisch entarteten Endbläschen der normalen Drüse, welche sich aus dem festen Geschwulstgewebe in Art einer Hernie eingedrängt hätten und nicht von der Wand der grössern Hohlräume ausgiengen. Busch tritt damit in Gegensatz zu J. Müller, der ausdrücklich diese Excrescenzen als solide bezeichnete und damit die Möglichkeit abschnitt, sie mit den Drüsenbläschen in genetische Beziehung zu bringen. Es muss übrigens erwähnt werden, dass eine genauere mikroscopische Analyse der feinen Excrescenzen von Busch nicht gegeben wird und namentlich der Nachweis mit Epithel ausgekleideter Höhlen in ihrem Innern fehlt.

Dass diese Theorie ihrer Entstehung jedenfalls nicht allen Fällen entspricht, zeigt der Fall von *Baur*. [1] Es handelte sich hier um einen sehr grossen Tumor, der allseitig abgekapselt war, und dem die atrophische Mamma durch Bindegewebe angeheftet aufsass. Baur fand in dem die Geschwulst mit der äussern Haut verbindenden subcutanen Gewebe weissliche Stränge, welche gegen die Warze hin convergirten und auf die Oberfläche der einzelnen Höcker der Geschwulst ausliefen. Die Stränge erwiesen sich als hohl und mit Epithel ausgekleidet. Vermittelst feiner Sonden gelangte man von da aus in alle Höhlen und Spalten des Tumors, niemals aber in die die Höhlen füllenden Ex-

---

[1] Baur, patholog. anatomische Skizzen. Müllers Archiv 1862.

crescenzen. Letztere waren vielmehr durchweg solid, aber vielfach eingeschnitten an der Oberfläche und mit Epithel bekleidet. Eine wahre Cystenbildung fehlte hier sonach. Baur stellt auf Grundlage dieser Beobachtung die Ansicht auf, die Geschwulst sei ein drüsenartiges Organ neuer Bildung mit besondern Eigenthümlichkeiten. Statt der Acini einer Drüse fänden sich überall fein gelappte Kolben und Auswüchse, die mit Epithel überzogen sind, also gerade das umgekehrte Bild einer wahren acinösen Drüse, zu der sie sich verhält, wie die Kieme zur Lunge. Baurs Ansicht stützt sich auf den Boden der einfachen beobachteten Thatsachen und entspricht dem Baue vieler grossen Cystosarcome ganz gut.

Der wichtigste Fortschritt aber in der anatomischen Erkenntniss unserer Geschwülste war schon vorher durch *Billroth* [1]) gemacht worden, indem er namentlich den histologischen Verhältnissen des eigentlichen Geschwulstgewebes die volle Aufmerksamkeit schenkte. Er trennte als adenoide Sarcome Leberts partielle Drüsenhypertrophie oder Velpeau's adenoide Tumoren von den Cystosarcomen ab. Ihr Gewebe ist immer mit kleinen Spaltcysten durchsetzt und besteht aus Sarcom-Masse, die aus dem interstitiellen Gewebe der Brustdrüse ihren Ursprung nimmt. Sie verwächst mit der Wandung der feinern Milchgänge und dilatirt sie, während die Acini der Brustdrüse sich entweder nicht verändern, oder durch Atrophie verschwinden. Consistenz und Färbung des Sarcomgewebes wechseln, je nach der Menge der Zellen und Menge und Consistenz der Intercellularsubstanz. Jedoch bleibe das Gewebe bei den adenoiden Sarcomen in der Regel durch ein und dieselbe Geschwulst hindurch ganz gleich, während bei den Cystosarcomen sich gewöhnlich sehr verschiedene Gewebe auf einmal

---

[1]) Billroth, Untersuchungen über den feinern Bau und die Entwicklung der Brustdrüsengeschwülste. Virchow's Archiv Bd. 18.

in derselben Geschwulst finden. Die Entstehung der Cystosarcome aus den adenoiden Sarcomen denkt sich Billroth
dadurch gegeben, dass das Zwischengewebe beständig fort-
wuchert. Mit dem Umstand, dass die Wände der Drüsengänge fest mit der Geschwulstmasse verbunden sind, folgt
bei der Zunahme der letzteren eine weitere Dehnung der
Gänge, welche ihre Oberfläche vergrössert und sie dilatirt.
Eine Obliteration der Gänge wird wahrscheinlich durch
Schleimsecretion an den meisten Stellen verhindert und
kommt nur hie und da vor. Das Gewebe drängt sich aber nun
noch weiter in diese Gänge hinein in Form von polypenar-
tigen, kolbigen Auswüchsen, die also nicht von einer besonders organisirten Cystenwandung ausgehen. Stets beginne
die Erweiterung in den Milchgängen und setze sich erst
später auf die Acini fort. Alsdann wird aus dem kleinzelli-
gen Epithel ein Cylinderepithel. Für eigentliche Neubildung von Drüsengewebe kann Billroth keine Beweise auffinden.

Die angegebene Genese dieser Geschwülste entspricht
von Allen den Beobachtungsthatsachen am besten. Sie erklärt die eigenthümliche, ihnen charakteristische Spaltbildung,
deren Besonderheit dadurch bedingt ist, dass das interstitielle Gewebe ihr die Form gibt, während die Drüsenele-
mente sich daran nicht betheiligen. Anderseits lässt Bill-
roths Theorie freien Spielraum für die Erklärung der grossen
Polymorphie der Gewebe, die man im Cystosarcom antrifft,
da ja das interstitielle Bindegewebe der Drüse Ausgangspunkt jeder beliebigen Geschwulst und Geschwulstcombi-
nation werden kann, die überhaupt aus dem Bindegewebe
entsteht.

Die letzte vollständige Bearbeitung der Anatomie der
uns beschäftigenden Geschwülste hat *Virchow*[1]) in seiner

---

[1]) Virchow, die krankhaften Geschwülste. I. p. 330—332, 342,
426—429. II. 358—369.

Geschwulstlehre vorgenommen. Sein Hauptverdienst besteht in der kritischen Sichtung aller bisher gewonnenen Resultate und der Aufstellung einer neuen schärfer begründeten Eintheilung der betreffenden Tumoren auf Grundlage seines allgemeinen Systems der Geschwülste. Er betont vor allem ihre Entstehung aus dem interstitiellen Drüsenbindegewebe und scheidet streng davon die Adenome, welche auf einer vom Epithel ausgehenden Neubildung beruhen. Wegen der grossen histologischen Differenzen, die das Gewebe der bisher unter dem Namen des Cystosarcom vereinigten Geschwülste zeigt, war eine genauere Scheidung nothwendig. Wir finden sie daher unter den Fibromen, Myxomen und Sarcomen beschrieben.

Ein weiteres Princip der Eintheilung ergab sich Virchow bezüglich des Verhaltens der gröberen Ausführungsgänge der Brustdrüse, der Sinus et ductus lactei zur interstitiellen Wucherung. Die Untersuchung einer grossen Anzahl von Brustdrüsengeschwülsten der drei angegebenen Arten lehrte, dass die cystischen Erweiterungen sämmtlich in den gröberen Ausführungsgängen zu Stande kommen und ferner dass die papillären Auswüchse, die ihr lumen nahezu vollständig ausfüllen, auf eine zwiefache Art entstehen. Einmal sind es Wucherungen des umgebenden Geschwulstgewebes, die die Wände der Milchgänge durchbrechen und in das Lumen hinein wachsen. Diese entstehen somit pericanaliculär. Anderseits nimmt aber die Neubildung von der Wand der Milchgänge selbst ihren Ursprung, es bilden sich papilläre Excrescenzen, die das Lumen ausfüllen und zur Erweiterung der Höhlen führen. Diese intracanaliculären Tumoren finden ihre Analogie in den Neubildungen der Ausführungsgänge vieler anderer Drüsen. Aus der Combination dieser zwei Eintheilungsprincipien je nach dem Charakter des Gewebes und nach dem Ausgangspunkt innerhalb und ausserhalb der Drüsenkanäle erhalten wir somit bereits sechs verschiedene Kategorien von Tumoren, die sämmtlich bisher unter dem

Namen der adenoiden Geschwülste oder Cystosarcome vereinigt waren.

Ausserdem giebt es nun auch einfache Fibrome, Myxome
und Sarcome in der Brustdrüse, die ohne Betheiligung der
Milchgänge verlaufen. Von diesen waren bloss die ersten
als Corps fibreux schon längere Zeit unter eigenem Namen
abgesondert, die beiden andern wurden mit unter die adenoiden
Geschwülste gerechnet. Zu dieser Verwechslung war um so
leichter Anlass gegeben, als auch in den einfachen Myxomen
und Sarcomen mitunter blosse Erweichungscysten vorkommen.
Im Allgemeinen stellen die intra- und pericanaliculären
Fibrome meistens kleinere, feste Geschwülste dar und entsprechen somit der chronischen Brustdrüsengeschwulst
A. Coopers, dem Cystosteatom Schuh's, während die weichen
und grossen Tumoren zu den Myxomen und Sarcomen zu
rechnen sind. Uebrigens gesteht Virchow selbst zu, dass
die Geschwülste, welche genau in eine der sechs Kategorien
passen, nur die verschwindende Minderzahl bilden. Man
findet in einer und derselben Neubildung sowohl Combination
mehrerer Gewebe, als auch Combination intra- und pericana-
liculärer Wucherung.

Mit dieser genauern Sichtung erfuhr auch die pro-
gnostische Frage eine wesentlich andere Beantwortung. Die
sämmtlichen Autoren mit Ausnahme von Billroth hatten
sich sehr positiv für die Gutartigkeit der Cystosarcome ausgesprochen. Es hatte das seinen Grund darin, dass den
frühern Forschern als Hauptaufgabe zufiel, die Unterscheidung von den Carcinomen sicher durchzuführen. Die weitere
Sichtung der gutartigen Tumoren kam erst in zweiter Linie
in Betracht. Uebrigens beobachteten verschiedene Chirurgen
Recidive nach Exstirpation solcher Geschwülste, selbst Velpeau,
der sich am positivsten für die absolute Gutartigkeit äussert.
Virchow gieng nun weiter. Nach den Erfahrungen, die er
in dieser Beziehung über das Sarcom im Allgemeinen gewonnen, und nachdem er bewiesen, dass der Reichthum an

zelligen Elementen das wesentliche Moment ist, von dem die
Ausbreitung und Metastasirung der Geschwülste abhängt, fand
er, dass auch den Brustdrüsengeschwülsten, welche sich durch
Zellenreichthum auszeichnen, speciell also gewissen Cystosarcomen, eine -Malignität nicht abzusprechen ist. Einmal
können sie die Umgebung betheiligen, die Muskulatur sowol
als die Haut, ferner können sie an der Narbe, ohne ihren
Charakter zu ändern, wiederkehren und endlich auch Metastasen in innern Organen hervorrufen, ohne jedoch die
benachbarten Drüsen zu betheiligen. Nach diesen Erfahrungen musste Virchow das Brustsarcom als eine Geschwulst
von beschränkter Malignität aber mit Befähigung zur
Metastase erklären.

Diese von Virchow aufgestellte Ansicht hat bisher keine
wesentliche Aenderung erfahren und darf daher im Wesentlichen als Abschluss betrachtet werden. Zur leichtern Uebersicht lasse ich noch eine Classification der Brustdrüsengeschwülste mit Ausnahme des Carcinoms folgen, wie sie
sich aus der vergleichenden Betrachtung der verschiedenen
Arbeiten ergibt, wobei die Eintheilung nach Virchow zu
Grunde gelegt werden soll, die übrigen dagegen als Syno-
nyme beigesetzt werden. Anspruch auf absolute Richtigkeit
kann das Schema natürlich nicht machen, da der subjectiven
Auffassung hier immerhin noch ein Spielraum bleibt.

Hypertrophie.
- Allgemeine H. Besteht in Zunahme der ganzen Drüse. Sowol das Bindegewebe als die Acini vermehrt.
- Partielle H. Scharf abgesetzte Vergrösserung eines Theils der Drüse unter Zunahme aller ihrer Bestandtheile.

Adenom. Beruht auf Wucherung, die von den drüsigen Elementen ausgeht und ist wesentlich epithelialer Natur.

Lipom.

Enchondrom.

Osteom.

Echinococcus.

Cysten.
- Retentionscysten.
  - Galactocele.
  - Seröse Cysten.
- Neugebildete Cysten.
  - Einfache.
  - Multiple.

Sehr oft in der nämlichen Geschwulst verschiedenartig combinirt.

- **Fibrom.**
  - Diffuses F.
  - Partielles F. Syn. Corps fibreux, Cruveilhier.
  - Cystofibrom.
    - Intracanaliculär.
    - Pericanaliculär.

- **Sarcom.**
  - Einfaches S.
  - Cystosarcom.
    - Intracanaliculär.
    - Pericanaliculär.

- **Myxom.**
  - Einfaches M.
  - Cystomyxom.
    - Intracanaliculär.
    - Pericanaliculär.

Synonym.
Chron. Brustdrüsengeschwulst
A. Cooper.
Cystosteatom
Schuh.
Adenoidsarcom
Billroth.
____
Hydatidensackgeschwulst
A. Cooper.
Cystosarcoma phyllodes
J. Müller, Mettenheimer, Rokitansky.
Cystosarcom
Schuh, Billroth.

Tumeur adénoide
Velpeau.

Partielle Hypertrophie
Lebert.

Glandular tumor
Paget.

Lobular imperfect hypertrophy
Birkett.

Casuistisches.

Bevor ich zur Mittheilung der einzelnen Krankenge-
schichten und anatomischen Befunde übergehe, möge eine
tabellarische Uebersicht folgen. Einen Fall (Nr. III) ver-
danke ich Herrn Dr. Lindes in Berlin, einen zweiten
(Nr. II) Herrn Dr. v. Mandach in Schaffhausen, die übrigen
stammen aus der chirurgisch-klinischen Abtheilung des Kan-
tonsspitals.

(Siehe nebenstehende Tabelle.)

		V.	**VI.**
Jahr.		1869. J.-N. 37 Z. 27.	1868. J.-N. 16 Z. 31.
Alter.	5	48 Jahre.	42 Jahre.
Beruf.	Stro[	Bauersfrau.	Bauersfrau.
Sitz der Geschwulst.		Links.	Rechts.
Grösse der Geschwulst.	Kin[	Mannsfaustgross.	Kindsfaustgross.
Dauer des Bestandes.	Unbesti[1864	Mehr als 20 Jahre.	3 Jahre.
Ursachen.		Keine.	Keine.
Zahl der Entbindungen.		3	8
Behandlung.	Ampu[am	Amputatio mammæ am 28. August.	Exstirpation am 8. Februar.
Complicationen der Behandlung.	[am [	Beschränkte Gangrän der Haut am obern Wundrand.	Keine.
Dauer der Behandlung.	Vom[bis 2[	Vom 28. August bis 3. October.	Vom 8. Februar bis 1. März.
Ausgang.		Heilung.	Heilung.
Beschaffenheit der Geschwulst.	Mischfor[canali[u[	Pericanaliculäres Fibromyxom.	Adenom.
Bemerkungen.	Zahlreic[Knoten i[der Be[Rund[		

I.

Frau K. ist 55 Jahre alt, stammt aus gesunder Familie und war selbst mit Ausnahme des gegenwärtigen Leidens niemals krank. Die Menstruation begann in ihrem 18. Lebensjahre und cessirte mit dem 52. Jahr. Schon seit sehr langer Zeit hatte die Patientin bemerkt, dass die rechte Mamma etwas voluminöser war als die linke, kann aber nicht mehr genau angeben, wie lange dies her ist. In ihrem 49. Jahr war ein ungefähr wallnussgrosser Tumor unter der Warze in der rechten Brust zu bemerken. Derselbe war schmerzlos und wuchs kaum, so dass er nach fünf Jahren noch nicht hühnereigross war. Erst im Frühjahr 1870 hatte er diese Grösse überschritten und fing an schmerzhaft zu werden. Die Schmerzen waren aber nicht ausstrahlend, sondern blieben auf den Tumor beschränkt. Der Allgemeinzustand der Patientin litt nicht im Geringsten dabei. Nun folgte allmälige Zunahme der Geschwulst bis Ende Juli. Von da an bis Mitte August, also während drei Wochen, war das Wachsthum ein rapides bis zur Grösse von zwei Mannsfäusten. In der letzten Woche trat Ulceration hinzu, nachdem die Haut schon vorher nicht mehr verschiebbar gewesen. Dabei wurden auch die Schmerzen immer heftiger, Tag und Nacht andauernd. Am 16. August 1870 wurde die Patentin behufs Exstirpation der Geschwulst ins Spital aufgenommen.

Die Untersuchung ergab die rechte Mamma in einen sehr grossen Tumor umgewandelt, der im allgemeinen eine conische Gestalt mit breiter Basis und stumpfem Ende zeigte. Die Maasse waren folgende: Breite an der Basis 12 Cm. Höhe 11 Cm., Umfang an der Basis 40 Cm. Der Gipfel des Tumors wird nicht von der Warze gebildet. Er liegt vielmehr nach oben und links von ihr. In der Warzengegend erheben sich zwei wallnussgrosse Höcker mit exulcerirter Oberfläche, die mit Krusten und wenig flüssigem Eiter bedeckt sind und einen fötiden Geruch verbreiten. Die Mamilla erscheint nicht infiltrirt, sondern bloss etwas ödematös geschwellt. Die Oberfläche des Tumors ist uneben, höckerig, ganz unregelmässig, die Consistenz im Allgemeinen hart. Bloss an einigen Stellen, besonders nach oben, besteht deutliche, lokalbeschränkte Fluctuation. Gegen den Gipfel hin wird die Haut immer dünner und gespannter, die Farbe mehr und mehr blauroth. Netze erweiterter grösserer Venen sind bloss in der Haut über der Basis des Tumors sichtbar, dagegen erscheinen in ihr gegen den Gipfel hin feine Injectionen kleiner Venenstämmchen und Capillaren. Nirgends ist der Tumor mit der Brustwand verwachsen, vielmehr leicht auf ihr verschiebbar. Die Achseldrüsen sind durchaus nicht vergrössert. Ueber dem Tumor ist die Haut ungefähr bis zur Mitte seiner Höhe verschieblich, von da an bis zur Spitze ist sie adhärent. Im Uebrigen ergibt die Untersuchung der Patientin gar nichts Abnormes, alle innern Organe bieten keinerlei Verdacht auf Störung.

Die Exstirpation der Geschwulst wurde am 17. August in der gewöhnlichen Weise der Amputatio mammae vorgenommen und ging leicht von Statten. Nach Anlegung von zwanzig Ligaturen stand die Blutung vollkommen und wiederholte sich nicht. Der weitere Verlauf war normal bis zum 21. August. An dem Tage stellte sich aber leider ein Erysipelas ein, das sich allmälig bis zum 28. August auf die ganze Brust und den Rücken ausdehnte und am 2. September unter enorm hoher Temperatursteigerung (42,5°C.) zum letalen Ende führte.

Aus dem Sectionsbericht ist Folgendes von Interesse:

Linke Lunge frei, rechte hinten und oben etwas verwachsen. Die Pleura an der Spitze der linken Lunge in der Ausdehnung eines Zweifrankenstücks stark weisslich verdickt, auf dem Durchschnitt knorpelhart, von der Dicke einiger Linien. An der hintern Peripherie des obern Lappens befindet sich dicht unter der Pleura ein wallnussgrosser runder Knoten, der auf dem Durchschnitt der Lunge stark prominirt, ringsherum distinct abgesetzt ist. Der Knoten selbst ist auf dem Durchschnitt von blass rother Farbe und enthält mehrere kleine Cysten. Aehnliche Knoten von der Grösse einer Haselnuss und etwas kleinere finden sich durch die ganze linke Lunge zerstreut und bieten mikroscopisch dasselbe Aussehen wie der erstgenannte. Sonst ist das Lungengewebe überall lufthaltig, mässig ödematös. In der Spitze der rechten Lunge eine haselnussgrosse Caverne, deren innere Ausbildung von einer mit zahlreichen kleinen Excrescenzen besetzten Membran gebildet wird. Die Umgebung der Caverne stark ödematös und schiefrig indurirt. Der obere Lappen der rechten Lunge im Uebrigen normal, der untere mässig hyperämisch und ödematös, überall lufthaltig. Nirgends Knoten. Im Uterus fanden sich drei subseröse Fibromyome, darunter eines mit Verkalkungen, im Cavum uteri und Cervicalkanal ein weicher Polyp. Die übrigen Organe bieten keine bemerkenswerthen Veränderungen.

Die Untersuchung des exstirpirten Tumors ergab zunächst auf dem Durchschnitt die von sämmtlichen Autoren als charakteristisch bezeichneten Merkmale des Cystosarcoma mammae. Die Consistenz des Gewebes war eine gallertartige, das Gewebe an manchen der weichsten Stellen halbdurchscheinend. Zahlreiche Spalten und Gänge durchsetzten den Tumor, aus denen beim ersten Einschnitt in die Geschwulst eine gelbliche, klare, etwas fadenziehende Flüssigkeit hervorquoll. Führte man einen Scalpellstiel in eine Spalte ein, so gelang es leicht, besonders aus den gröbern, eine aus weichem, gallertigem Gewebe bestehende Excrescenz herauszuschälen. Diese sass nur an beschränkter Stelle fest und damit ergab sich dann, dass das, was man zunächst als Spalte wahrgenommen, ein sackartiger grösserer Hohlraum war. Bloss an den oberflächlich gelegenen Säcken war eine deutliche Wand zu erkennen, die tiefer in der Geschwulst gelegenen Höhlen waren bloss von Geschwulstmasse begrenzt und hatten, der unregelmässig gelappten Form ihres Inhaltes entsprechend, ebenfalls eine ungleichmässige buchtige Oberfläche. Diese Säcke mit den sie ausfüllenden secundären Tumoren bildeten die Hauptmasse der oberflächlich gelegenen Geschwulstpartieen. In dem Theil aber, der der Brustwand zunächst lag, herrschte ein solides, derbes, von keinen Hohlräumen und Gängen unterbrochenes Gewebe vor, das weisslich gefärbt war und nur hie und da durch hämorrhagische Beimengung gelb oder bräunlich wurde. Beim Abpräpariren der über der Geschwulst gelegenen Haut stiess man auf ein lockeres Zwischengewebe und dann sofort auf die Aussenwandung der grössern Säcke, die aus derbem Bindegewebe bestand. Nach Eröffnung eines solchen Sacks gelang es leicht durch Einführung von Sonden ins Innere des Tumors zu gelangen, ohne das Gewebe zu verletzen, indem man einfach die Geschwulstmasse zur Seite drängen konnte. Grössere mit Flüssigkeit angefüllte Hohlräume waren nirgends in der Geschwulst anzutreffen.

Die mikroscopische Untersuchung ergibt, dass die festern Partieen, welche mehr central liegen, aus einem sehr gefäss- und zellenreichen Gewebe mit wenig Zwischensubstanz bestehen. Die Zellen selbst sind kurze Spindelzellen und kleine Rundzellen. Letztere sind dichtgedrängt, erstere mitunter regellos an einander gelagert, mitunter zu bestimmten Zügen geordnet. Anders verhält sich das Gewebe der polypösen Wucherungen in den Säcken. In ihnen herrscht ein zellenarmes Bindegewebe vor, das bald fibrilläre Structur zeigt, bald spindel- und sternförmige Bindegewebezellen mit homogener oder leicht streifiger Zwischensubstanz. Dies Bindegewebe bildet im Wesentlichen den axialen Theil der Polypen. Der peripherische Antheil ist dagegen zellenreicher, die Zwischensubstanz spärlich. Hier sind die Zellen kurz spindelförmig ohne weitere Anordnung. Sehr bedeutend ist der Gefässgehalt dieser polypösen Wucherungen und zeigt sich namentlich reiche Capillarverzweigung unter ihrer Oberfläche. Sie ist von einem ganz regelmässigen einschichtigen Cylinderepithel überzogen, dessen einzelne Zellen ziemlich kurz und breit sind. Auf Horizontalschnitten durch die polypösen Excrescenzen sieht man zahlreiche, tiefe Buchten von der Oberfläche aus ins Innere gehen, deren Lumen oft sehr eng ist und die das gleiche Epithel tragen, wie die Oberfläche. In der Regel nimmt dies Lumen an Breite zu, je tiefer der Kanal ins Gewebe hineingeht, und am Ende dieses schlauchartigen Gebildes zeigen sich dann ein oder mehrere Theilungen. Nicht selten, aber doch im Gewebe zerstreut, trifft man auf den nämlichen Durchschnitten bald kreisrunde, bald seitlich zusammengedrückte rings geschlossene Räume, die ebenfalls mit Cylinderepithel bekleidet sind. Es sind dies die Querschnitte der eben beschriebenen Schläuche.

Der Untersuchung des interstitiellen Gewebes zufolge ist der Tumor als Mischform zwischen Sarcom und Fibrom mit pericanaliculären Wucherungen zu bezeichnen.

Die Geschwulstknoten in der Lunge waren überall scharf begränzt und nahmen, soweit es sich ermitteln liess, aus dem interstitiellen Gewebe ihren Ursprung. Ihre Structur war überall gleichartig, sie bestanden durchweg aus Rundzellen, gemischt mit wenig Spindelzellen, die dicht an einander lagen. Sie sind also als Rundzellensarcome zu betrachten. Ausser diesen Knoten in der Lunge finden sich nirgends im Körper Metastasen.

II.

Im Oktober 1869 zog sich die 54jährige Patientin ein Unwohlsein zu, das mit Frost und reissenden Schmerzen in der rechten Seite und der rechten Mamma begann. Nach Verlauf von acht bis zehn Tagen fiel der Patientin Vergrösserung und festere Consistenz, sowie Schmerzhaftigkeit bei Berührung der Mamma auf. Während des folgenden Winters wiederholten sich von Zeit zu Zeit die reissenden Schmerzen, sowie das Frösteln, und jedesmal hatte die Mamma nach einem solchen Anfall bleibend an Umfang zugenommen. Im Frühjahr 1870 war die Brustdrüse gleichmässig und sehr bedeutend vergrössert, von derbem, körnigem Gefüge, die darüber wegziehende Haut, abgesehen von einiger Erweiterung der Venen, nicht verändert. Den Sommer über wurde Patientin mit Kali jodat., innerlich und äusserlich angewendet, behandelt, jedoch ohne Erfolg, indem der Tumor unter reissenden Schmerzen immer mehr heranwuchs und sich auch in der linken Mamma ein kleiner Knoten bildete. Während dieser Zeit verschwand durch

den Jodgebrauch ein Struma. Wegen des raschen Fortschritts, den
das Uebel nahm, wurde Ende Dezember 1870 rechts die Amputatio
mammae vorgenommen und gleichzeitig links der kleine Knoten exstir-
pirt. Die Heilung der Wunden erfolgte in gewöhnlicher Zeit ohne
alle Störung.

Am 13. Oktober 1871 wurde die Patientin von Neuem untersucht.
Beide Narben sind immer noch vollständig geschlossen, glatt, nicht
übermässig gefässreich. Weder in ihnen noch in der Umgebung
Spuren neuer Knoten. Um die Narbe der Operationswunde in der
linken Mamma keine neuen Anschwellungen. Die Brustdrüse selbst
erscheint ganz normal. Während den Menses soll die Brust immer
etwas anschwellen, im Ganzen aber sich nicht dauernd vergrössern.
Die Achseldrüsen sind beiderseits frei, das Allgemeinbefinden gut,
besser als im vorigen Jahr.

Auf dem frischen Durchschnitt durch die grosse Geschwulst der
rechten Mamma erwies sich deren Gefässgehalt als ziemlich gering.
Es entleerte sich eine klare viscide Flüssigkeit über die Schnittfläche,
welche offenbar den zahlreichen gewundenen Spalten und Gängen
entquoll, mit denen der Tumor reichlich durchzogen war. Die Farbe
des Gewebes war gelblich, an einzelnen Stellen mehr weisslich. Die
Consistenz wechselte von der einer weichen Gallerte, bis zu der eines
weichen Knorpels. Die weichsten Partieen waren schwach durchschei-
nend. Das Gefüge des Tumors war so locker, dass ein leichter Druck mit
dem Finger genügte, aus den Spalten mannigfach gelappte und zer-
klüftete Geschwulstpartieen herauszuheben, die nur an einer beschränkten Stelle festhafteten. Ihre Grösse betrug ¹/₂ — mehrere Centimeter. Diese isolirbaren Geschwulstpartieen waren die weichsten;
was übrig blieb, besass eine derbere Textur. Nach Entfernung der
knolligen Massen, blieben glattwandige, unregelmässige Taschen
zurück, die vielfach unter einander kommunicirten. Das weiche, gal-
lertige Ansehen der Geschwulst, liess auf einen myxomatösen Character
schliessen und es ergab sich denn auch, dass sowol die kolbigen Excrescenzen, wie die umgebende Geschwulstmasse ganz aus der von
Billroth (Virchow. Archiv. Bd. 18. T. II. Fig. 7.) abgebildeten Art
des Schleimgewebes mit zahlreichen kleinen Rundzellen und streifiger
Zwischensubstanz bestanden. Ein Epithel war auf ihrer Oberfläche
nicht mehr zu finden, was ich dem Umstand zuschreibe, dass die
geeignete Conservirung der Geschwulst nicht unmittelbar nach der
Operation erfolgen konnte. Dagegen zeigten sich auf Durchschnitten
von kleinen Excrescenzen zahlreiche kreisrunde und abgeplattete,
mitunter auch verzweigte Gänge, deren Lumen sehr eng, oft kaum
sichtbar war und deren Wand einen Besatz von gut ausgebildetem
Cylinderepithel besass.

Während der Tumor der rechten Mamma, der die Grösse von zwei Mannsfäusten hatte, als ein pericanaliculäres Myxom mit Durchbruch der Milchgänge zu bezeichnen ist, bietet der Knoten der linken Mamma einen abweichenden Bau. Er hatte die Grösse eines kleinen Apfels. Sein Gewebe war von viel derberer Consistenz und zerfiel in eine Unzahl feiner Läppchen, die auf gemeinsamer Unterlage vereinigt waren Das Aussehen glich dem eines Blumenkohlgewächses. Bei schwacher Vergrösserung lösten sich die von blossem Auge sichtbaren Läppchen in immer feinere Verzweigungen auf und gewährte der Durchschnitt deswegen ein zierliches Aussehen, ähnlich einem feingelappten Blatt. Die Läppchen bestanden aus einem in der Axe fibrillären, an der Peripherie leichtstreifigen, zellenarmen Bindegewebe. Ein Epithelüberzug fehlte, vermuthlich aus demselben Grunde, wesswegen er beim grossen Tumor nicht gefunden wurde. Der kleine Tumor stellt ein papilläres Fibrom dar, dessen Ausgangspunkt nicht direct bestimmt werden konnte, weil die Geschwulst isolirt in der Mamma lag und letztere nicht mit entfernt wurde.

———

III.

Die Patientin, eine verheirathete, ältere Dame führt den Tumor, welchen sie in der rechten Brust trägt, auf einen Knoten zurück, der während der letzten Lactationsperiode vor 14 Jahren zuerst bemerklich geworden. Er war bereits im Jahre 1864 vorhanden, wenn auch minder umfänglich. Im Sommer 1870 hatte er die Grösse einer starken Männerfaust erreicht und wurde am 26. September 1870 durch die Amputatio mammae entfernt. Nach der Operation erfolgte die Heilung der grossen Wunde relativ schnell und ohne Zwischenfälle. Auf eine weitere Erkundigung über den Fall lautete der Bericht des behandelnden Arztes, dass seit Ostern dieses Jahres die Narbe der Operationswunde beständig excoriirt und die Haut an der Stelle, welche früher die Mamma einnahm, geröthet ist. Später stellte sich nun auch in der rechten Mamma ein chronisch entzündlicher Zustand ein, die Brust ist voluminöser und schwerer anzufühlen, die Haut darüber geröthet und die Warze eingezogen. Dagegen besteht bis jetzt keine Schmerzhaftigkeit, die Axillardrüsen sind nicht geschwellt und das Allgemeinbefinden ungetrübt.

Der entfernte Tumor hatte die ganze Mamma eingenommen, man fand keine Reste der ursprünglichen Drüse mehr vor. Er war hart, nirgends fluctuirend. Ein Durchschnitt eröffnete gar keine Spalten und Hohlräume, es entleerte sich auch keine Flüssigkeit. Neben grössern, derbern, weisslichen Massen bot die Schnittfläche an manchen Stellen ein Aussehen, wie es der im vorigen Fall beschriebene kleine Tumor besass. Kleine, sehr zierliche Läppchen, unter einander zu grössern Auswüchsen theilweise vereinigt, liessen sich zahlreich ohne Verletzung des Gewebes aus grössern Säcken herausheben, deren Wand sie vollständig dicht anlagen. Die Untersuchung im frischen Zustande wies auf ihnen ein sehr schön ausgebildetes, kubisches Epithel nach, das alle einzelnen papillären Verzweigungen überzog. Die Grösse dieser Papillen war ungefähr die der Papillæ filiformes der menschlichen Zunge. An andern Partieen der Geschwulst war die Verzweigung nicht so reich, die Excrescenzen waren gröber gelappt. Sämmtlich bestanden sie aus einem sehr zellenarmen Bindegewebe. In ihrer Axe verliefen dickere Bündel, während die Peripherie bloss leichte Streifung zeigte. Von den mit Epithel ausgekleideten Gängen im Innern der papillären Wucherungen war an dieser Geschwulst nichts wahrzunehmen. Der Tumor muss für ein **Fibrom mit papillären Excrescenzen** erklärt werden, das in diesem Fall ohne Aenderung des Characters zu einer sehr bedeutenden Grösse gewachsen ist, ohne dass es zur Bildung eigentlicher cystischer Hohlräume kam.

IV.

Frau O. 62 Jahre alt, hatte nach ihren Angaben nie an irgendwelchen Krankheiten gelitten. Ihr einziges Wochenbett machte sie im Jahr 1840 durch. Sie stillte das Kind während 44 Wochen. Nachdem sie es entwöhnt hatte, bemerkte sie in der rechten Mamma eine kleinapfelgrosse Verhärtung, die gleich blieb bis zum Herbst 1867. Damals fing der kleine Tumor an, rasch zu wachsen, wurde gross und schwer, aber nicht schmerzhaft. Patientin wurde dadurch an ihrer Arbeit stark gehindert. Nachdem der Tumor an der untern Seite wund geworden war und brennende Schmerzen verursachte, suchte die Patientin in der folgenden Woche Hülfe im Spital, wo sie am 26. Mai 1868 Aufnahme fand.

Die Geschwulst besass die Grösse eines starken Kindskopfes, war sehr resistent, an der Oberfläche höckerig und zeigte an der untern Seite einige wunde nässende Stellen. Im subcutanen Gewebe waren die Venen zu einem ausgedehnten, reich verzweigten Netz erweitert.

Am 27. Mai wurde die Amputatio mammae vorgenommen. Nach Trennung der Haut sank der Tumor durch seine eigene Schwere so stark herunter, dass es nur weniger Scherenschnitte bedurfte, um das lockere Bindegewebe, das ihn an die Thoraxwand heftete, zu trennen. Die Blutung war durchaus unbedeutend. Die Wunde wurde offen weiter behandelt. Am 28. Mai begann sich ein Erysipelas zu entwickeln, das sich an den folgenden Tagen über die ganze Brust ausdehnte.

Am 6. Juni wurde eine kleine Eiterverhaltung, die sich am obern Wundrand gebildet hatte, incidirt und es trat hernach die vollständige Entfieberung ein mit dem gänzlichen Verschwinden des Erysipelas. Die Patientin blieb von da ab völlig fieberfrei und der weitere Verlauf war normal. Die Wunde zog sich gut zusammen und die Patientin wurde am 3. Juli in Heilung entlassen. Die Wunde hatte noch einen Durchmesser von 2 Cm. Das Allgemeinbefinden war vollkommen gut. Ein Bericht über die Patientin vom October 1871 lautet dahin, dass sie sich abgesehen von den Beschwerden ihres zunehmenden Alters wohl befinde.

Die Geschwulst zeigt auf dem Durchschnitt eine relativ bedeutende Resistenz, dagegen nirgends zusammenhängende solide Partieen. Sie ist vielmehr von einem Gewirr gröberer Spalten durchzogen, welche vielfach gewunden verlaufen. Die angrenzende Geschwulstmasse ist daher manigfach gelappt und zerklüftet. Sie lässt sich in grossen Stücken leicht ohne Zerreissung mit dem Finger herausheben. Nach ihrer Entfernung erscheinen bloss hie und da mit deutlicher Wand versehene Säcke, die dann sofort wieder durch Geschwulstmasse unterbrochen werden. Je weiter man namentlich von der Peripherie gegen das Centrum der Geschwulst kommt, desto weniger ausgesprochen ist die Sackbildung. Hier scheiden die gewundenen Spalten bloss Geschwulstmassen von einander. Die Spalten kommuniziren gegenseitig. Die Haut ist mit dem Tumor bloss in der Gegend der Brustwarze verwachsen. Diese selbst ist atrophisch und ihre Gänge obliterirt. Das Gewebe dieses Tumors besteht aus einer Combination von Bindegewebe und von Zügen dicht gelagerter Spindelzellen. Letztere haben überall nur kurze Fortsätze und liegen ziemlich dicht aneinander. Die Anordnung der Züge unter sich zeigt keine Regelmässigkeit. Das Bindegewebe enthält zum Theil zahlreiche Zellen mit homogener Zwischensubstanz, zum Theil ist es deutlich fibrillär. Der axiale und peripherische Theil der gelappten Massen zeigt keinen Unterschied hinsichtlich des Gewebes. Ihre Oberfläche ist bis in die feinsten Spalten durchweg mit einem einschichtigen, kubischen Epithel versehen. Weil die Lappenbildung sehr weit geht, so erhält man auf dem Durchschnitt oft das täuschende Bild epithelialer Hohl-sprossen. Die Unterscheidung, ob diese Spalten und Gänge bloss auf Papillarbildung seitens des Geschwulstgewebes beruhen oder ob sich das Epithel activ daran betheiligt, ist hier unmöglich. Doch spricht der Umstand für letzteres, dass man auch Durchschnitte kreisrunder Gänge im Innern der Geschwulstmasse trifft, die das nämliche Epithel tragen, wie es die Oberfläche überzieht. Der Tumor ist als Misch-form zwischen pericanaliculärem Fibrom und Sarcom zu bezeichnen.

V.

Frau K., 48 Jahre alt, will in früherer Zeit immer ganz gesund gewesen sein. In ihren spätern Jahren litt sie zweimal an Gesichts-rose, zweimal an einem Nervenfieber (wahrscheinlich Pneumonie oder Pleuritis). Schon vor mehr als zwanzig Jahren fühlte Patientin in der linken Mamma und zwar in deren unterer Hälfte einen verhär-teten Knoten von der Grösse einer Nuss. Erst seit zwei Jahren be-merkte sie Zunahme der Geschwulst. Es entstanden an verschiedenen Stellen harte Knoten, die nach und nach confluirten. Auch während dieser Zeit blieb die Mamma schmerzfrei. Erst seit etwa 10 Tagen wurde sie empfindlich und es soll der Tumor in dieser kurzen Zeit sichtlich zugenommen haben.

Die Menses waren früher sets in Ordnung, sind aber seit zwei Jahren ausgeblieben. Die Patientin hat im Ganzen dreimal geboren, zum letztenmal vor 10 Jahren. Sie stillte ihre Kinder selbst. Die Brüste functionirten stets ganz normal, sie hatte auch während der Zeit nie Beschwerden von Seite des Knotens, der inzwischen unver-ändert fortbestand. Am 27. August 1869 wurde die Patientin ins Spital aufgenommen.

In der Gegend der linken Mamma bestand ein etwa faustgrosser Tumor, der eine höckerige, knollig eckige Oberfläche besass und hart anzufühlen war. Von der Mamma selbst war nichts mehr nachzu-weisen. Die über dem Tumor liegende Haut war leicht verschieblich, ebenso der ganze Tumor auf der Brustwand. Die Achseldrüsen der linken Seite waren nicht angeschwollen. Im Uebrigen war die Patien-tin eine gut gebaute, kräftige Frau.

Am 28. August wurde die Amputatio mammae vorgenommen. Die Ablösung des Tumors von der Brustwand gelang sehr leicht.

Nach Anlegung zahlreicher Ligaturen stand die Blutung vollkommen.
Am 30. August waren die Wundränder stark geschwollen, am
obern Wundrand verfärbte sich die Haut livid, soweit sie die äussere
Wand der Tasche bildete. Das Allgemeinbefinden gut. Kein Fieber.
1. September: Kein Fieber. Die Wunde beginnt sich zu reinigen.
Foetor gering. Eine kleine Brandblase auf der lividen Hautpartie
am obern Wundrand. Irrigation der Wunde mit Solut. calcar. hy-
pochlor. und Bedeckung mit Oelläppchen. 2. Sept. An Stelle der
Brandblase Gangrän der Haut, die sich bis zum 4. Sept. noch etwas
ausdehnt. Kein Fieber. Cataplasmen. Am 9. Sept. war die Wunde
vollständig gereinigt, überall gut granulirend. Allgemeinbefinden gut.
11. Sept. Die sämmtlichen Ligaturen entfernt. Eine kleine belegte
Stelle in der Mitte der Wundfläche reinigte sich ganz bis zum 16.
Die Wunde verkleinerte sich von da ab regelmässig unter Salbenver-
band. Die Patientin wurde am 3. Oct., als die Wunde noch etwa 2
Cm. Durchmesser zeigte, entlassen.

Die Geschwulst erweist sich bei der Untersuchung als hart, an
manchen Stellen von knorpelartiger Consistenz. Der Durchschnitt
bot zum Theil abgesetzte Partieen mit knorpelharter Rinde und
weicherem Gewebe im Innern, zum Theil fanden sich weniger harte
Partieen von fleischrother Farbe, die eine fast blätterartige Structur
zeigten. Diese lassen sich leicht aus Spalten hervorheben. Im
frischen Zustand liessen sich von der den Spalten zugewendeten Fläche
der Blätter leicht grössere Epithelpartien ablösen. Die Blätter selbst
bestanden aus Bindegewebe und hatten keine Gänge in ihrem Innern.
Die weichen Partieen des Tumors sind an manchen Stellen stark
gelbbräunlich gefärbt. Dies rührt von einer grossen Zahl gelb pig-
mentirter grosser Körnchenkugeln her, die in einer fast homogenen,
nur leicht streifigen, stark auf Mucin reagirenden Grundsubstanz dicht
bei einander liegen. Es sind dies offenbar ältere Theile des Tumors,
die in rückgängiger Metamorphose befindlich sind. Der Tumor stellt
ein pericaniculäres myxomatöses Fibrom dar.

VI.

Frau N., 42 Jahre alt, war nach ihrer Angabe stets gesund. Sie
hat achtmal geboren. Die Menses stets in Ordnung. Vor drei Jahren
bemerkte die Patientin eine kleine Anschwellung in der rechten
Mamma, die unter der Haut verschiebbar und schmerzlos war. Der
Tumor nahm allmälig an Umfang zu, blieb indessen immer unempfind-

lich. Vor einem Jahre hatte er die Grösse einer Wallnuss erreicht. Im letzten Jahre wuchs er bis zur gegenwärtigen Grösse. Stets blieb das Allgemeinbefinden ungestört. Am 7. Februar 1868 wurde die Patientin ins Krankenhaus aufgenommen.

Unter der Haut der rechten Mamma fühlte man einen Tumor von der Grösse einer Kinderfaust, der sehr leicht verschiebbar und fest anzufühlen war. Die Palpation erregte keine Schmerzen. Die Axillardrüsen der rechten Seite nicht vergrössert. Im Uebrigen war die Patientin gesund.

Am 8. Februar wurde die erkrankte Mamma mittelst zweier ovalärer Schnitte in toto entfernt. Bei der Operation war die Blutung gering. Die Wunde wurde offen gelassen und eine bald darauf eintretende Nachblutung durch Unterbindung zahlreicher, kleiner Gefässe gestillt. Nachher keine Blutung mehr. Bis zum 12. Februar war der Verlauf absolut fieberlos. An dem Tage begann die Eiterung, die Temperatur stieg Abends auf 38.8°. Folgenden Tags trat die bleibende Entfieberung ein. Bis zum 17. Februar war die Reinigung der Wunde vollendet, die Eiterung normal. Der weitere Verlauf wurde durch nichts gestört, so dass die Patientin am 1. März mit fast geschlossener Wunde entlassen werden konnte.

Der Tumor lag isolirt in der entfernten Mamma und war gegen letztere durch eine derbe Bindegewebskapsel abgegränzt. Das Gewebe der Brustdrüse erschien ganz atrophisch. Auf dem Durchschnitt erwies sich die Geschwulst als aus etwas undeutlichen Läppchen bestehend, die röthlich grau gefärbt waren. Von einander waren sie durch weisse Bindegewebszüge geschieden. Von Spalten oder Höhlen im Gewebe war nirgends etwas wahrzunehmen. Die Läppchen bestanden aus je einer Gruppe kreisrunder Gebilde, von etwas grösserem Durchmesser, als ihn die normalen Endbläschen der Mamma besitzen. Weitaus die meisten dieser Bläschen waren ganz isolirt, nur die Minderzahl stand mit den zwei oder drei benachbarten durch theilweisen Mangel der Wand in Verbindung. War dies der Fall, so erschien das Gebilde traubenförmig und damit einem normalen Drüsenacinus ähnlich. Die einzelnen Gruppen der Bläschen waren unter sich durch ein straffes faseriges Gewebe geschieden. Die einzelnen Bläschen selbst standen in grosser Anzahl sehr dicht neben einander und waren blos durch ein spärliches, ebenfalls straffes Bindegewebe getrennt. Ihre Wand ist anscheinend structurlos und erscheint auf dem Durchschnitt als glänzender Ring. Sie wird an vielen Stellen, doch nicht durchgängig, durch eine dicke bindegewebige Kapsel verstärkt, deren Fasern die Wand in mehrern, concentrischen Lagen umgeben. An andern Stellen lagen die Bläschen freier in einer kerntragenden, undeutlicher gefaserten Zwischensubstanz. Ihren Inhalt bildet ein einschichtiges, cylindrisches Epithel, dessen einzelne Zellen sich nicht scharf abgränzen. In der Mitte ist fast überall ein freies, kreisförmiges Lumen zu erkennen. Wie schon erwähnt, sind die Blasen rings geschlossen und es lässt sich nirgends etwas entdecken, das man als Ausführungsgang bezeichnen könnte, mit Ausnahme einiger Rudimente in Gestalt kurzer, breiter, an beiden Seiten blind endender Schläuche, welche ebenfalls Cylinderepithel führen.

Dieser Tumor ist also im Vergleich zu den früher beschriebenen von durchaus abweichender Structur. Das Wesentliche sind hier die dicht gedrängt stehenden, geschlossenen Blasen, die aus einer Weiterentwicklung und nachherigen Abschnürung der Drüsenacini herzuleiten sind. Das interstitielle Bindegewebe nimmt an der Geschwulst keinen grössern Antheil als ihm in der normalen Drüse zukommt. Die Geschwulst stellt somit die reine Form des Adenoms dar.

Wenden wir uns nun zur nähern Betrachtung der Pathologie der gutartigen Brustdrüsengeschwülste unter Zuhülfenahme der mitgetheilten Fälle, so tritt uns sofort die Nothwendigkeit entgegen, die anatomisch differenten Formen zum Theil wieder in grössere Gruppen vereinigen zu müssen. Zeigt ja selbst die anatomische Untersuchung, dass wir selten eine Geschwulst antreffen, in der nicht mehrere Gewebsformen vereinigt sind, so werden wir um so mehr darauf verzichten müssen, im Leben eine exakte differentielle Diagnose ihrer einzelnen anatomischen Formen aufstellen zu können. Wir besitzen, wie noch näher gezeigt werden soll, vorläufig kein Mittel, um Adenome, partielle Hypertrophie, einen grossen Theil der Fibrome, Sarcome und Myxome mit und ohne Cystenbildung am Lebenden zu trennen und müssen uns daher begnügen, sie in eine Gesammtgruppe zu vereinigen, um ihre klinischen Erscheinungen betrachten zu können. Diess ist auch der Grund, warum von den Chirurgen besonders die Scheidung der Tumoren nicht so weit durchgeführt wurde, da sie für prak-

tische Zwecke doch nur zum Theil, nämlich zur Stellung
der Prognose verwerthbar ist, für die Aetiologie und Sym-
ptomatologie sie uns dagegen im Stich lässt. Der Kürze hal-
ber scheint es geboten, diese rein klinische Gruppe mit
einem möglichst indifferenten, weiter nichts präsumirenden
Namen zu bezeichnen. Ich weiss dafür keinen andern als
den der relativ gutartigen Brustdrüsengeschwülste,
der bezeichnet 1) dass die Geschwulst von der Drüse ausgeht zum Unterschied z. B. von den Lipomen 2) dass sie
zwar bessere Prognose geben als die Carcinome, diese aber
keineswegs absolut günstig ist.

Zur Aetiologie.

Die Bestimmung der absoluten Häufigkeit der relativ
gutartigen Tumoren der Mamma hat wegen der willkür-
lichen Abgränzung der Gruppe wenig Werth, dagegen ist
das Verhältniss ihrer relativen Häufigkeit zu den Carcinomen
von Interesse. Velpeau's Statistik, welche wegen der bedeutenden Anzahl der Beobachtungen das grösste Zutrauen
verdient, erstreckt sich auf siebzehn Jahre. Im Verlauf dieser
Zeit notirte er 60 adenoide Geschwülste auf 241 Carcinome,
also ein Verhältniss von 1 : 4. Billroth beobachtete innerhalb sechs Jahren 130 Carcinome und 16 relativ gutartige
Tumoren, was dem Verhältniss von 1 : 8 annähernd entspricht. Dr. Küster notirte in Bethanien vom April 1868
bis October 1869 47 Brustdrüsengeschwülste, darunter 28
Carcinome und 15 relativ gutartige Tumoren. Man sieht
also, dass die Carcinome eine weit überwiegende Frequenz
zeigen, die relativ gutartigen Geschwülste aber keineswegs
Seltenheiten sind.

Was das Vorkommen der letztern bezüglich des Lebens-
alters betrifft, so hat schon Velpeau dargethan, dass die

Annahme, sie fänden sich vorzugsweise bei jüngern Personen, unrichtig ist. Sie verhalten sich aber in dieser Beziehung allerdings verschieden von den Carcinomen, welche zwischen dem 40. u. 50. Jahre die grösste Frequenz zeigen. Es wurden von Velpeau zwischen dem 20. u. 30. Jahre 18, zwischen dem 30. u. 40. Jahre 12 und zwischen dem 40. u. 50. Jahre 16 Fälle von adenoiden Geschwülsten beobachtet. Es muss hier aber auf einen Punkt aufmerksam gemacht werden, der leicht zu irrigen Schlüssen führen kann. Das Datum der Beobachtung ist hier fast identisch mit dem Datum der Operation und dieses lässt sich nicht ohne weiteres für die Beobachtungen der Frequenz benutzen, da es ja lediglich von der Toleranz des Individuums gegen sein Leiden abhängt. Es ist in dieser Beziehung bemerkenswerth, dass unsere sechs Fälle sämmtlich Personen von über 40 Jahren betreffen und vier der letztern sogar über 50 Jahre alt sind. Ferner zeigt sich, dass die Tumoren, mit denen sie behaftet waren, mit Ausnahme eines einzigen, sämmtlich zu den ganz grossen gehören. Einer hatte 14 Jahre lang bestanden, einer 28 Jahre lang und der dritte mehr als 20 Jahre. Weiter ersieht man aus der Velpeau'schen Tabelle, dass nur eine kleine Zahl seiner Fälle grosse Geschwülste betraf und von den ausdrücklich als faustgross und kopfgross bezeichneten Tumoren gehörten sämmtliche mit Ausnahme eines Falles Individuen an, die ebenfalls mehr als 40 Jahre alt waren. Ohne daraus entnehmen zu wollen, dass grosse derartige Geschwülste bei jugendlichen Personen nicht vorkämen, scheint mir doch soviel klar, dass sie überwiegend einem höhern Alter angehören und dass sich dies zum Theil daraus erklärt, dass sie schon lange als kleine Geschwülste bestanden haben und in Folge eines in späterer Zeit rasch erfolgten Wachsthums die mit ihnen Behafteten zur Operation nöthigten. Auffallend bleibt aber, dass auf unsere fünf Fälle von grossen Geschwülsten nur ein Fall einer kleinern Geschwulst kommt, während die letztern bei Velpeau's adenoiden Tumoren durch-

aus die Hauptrolle spielen. Ob man hier zu Lande gegen
dergleichen Leiden sich indolenter verhält als dies in Frank-
reich der Fall ist, wage ich nicht zu entscheiden.

Bezüglich der speziellen, ätiologischen Verhältnisse ist
soviel ermittelt, dass die Heredität hier keine Rolle spielt.
Ebenso wenig ergibt sich ein Einfluss von Menstruations-
anomalien. Dass das Auftreten unserer Geschwülste nicht
von der Lactation abhängig ist, ergibt sich, abgesehen von
einigen vereinzelten Beobachtungen solcher Tumoren an der
männlichen Brust, ausserdem daraus, dass vorzugsweise un-
verheirathete oder sterile Frauen von der Erkrankung be-
troffen werden. Von Velpeau's 60 Fällen betreffen bloss
20 solche, welche geboren haben, von Bryants 53 Kranken
hatten 19 Kinder gehabt. Trotzdem sind Fälle beobachtet,
wo die Bildung der Geschwulst während des Stillens begann.
Auch von unsern sechs Kranken geben zwei bestimmt an,
nach der Lactation sei in der Brust eine Verhärtung zurückgeblieben, die vorher nicht bestanden hätte. Dagegen konnte
eine traumatische Entstehung in keinem unserer Fälle nach-
gewiesen werden, welcher doch hier ein grosser Einfluss zugeschrieben wird, so besonders von Velpeau, der sie unter
58 Fällen 31 mal als Ursache fand und daraus sogar den
Schluss herleitet, die adenoiden Geschwülste entständen mög-
licherweise aus veränderten Blutextravasaten. Ausführlichere
Erwähnung verdient noch in ätiologischer Beziehung der
zweite der mitgetheilten Fälle. Hier verlief der Anfang der
Affection unter schubweisen, entzündlichen Erscheinungen,
wobei jedesmal die Mamma sehr empfindlich wurde und von
da ab bleibende Volumszunahme zeigte. Röthung der Haut
wurde dabei nicht bemerkt und noch weniger Abscessbildung,
so dass von einer gewöhnlichen Mastitis nicht die Rede sein
kann. Der Vorgang zeigt vielmehr grössere Analogie mit
der Bildung der Fibromknoten, wo es nach dem Aufhören
der primären entzündlichen Erscheinungen, die ohne Eiterung
verlaufen sind, zu einer starken Bindegewebswucherung mit

Untergang des Drüsengewebes kommt. Denkt man sich diesen Prozess in unserem Fall auf das interstitielle Gewebe der ganzen Drüse verbreitet und anstatt der Bildung des derben Fibromgewebes eine Wucherung von Schleimgewebe mit Betheiligung der Milchgänge, so wird der Vorgang erklärlich. Indessen ist mir keine weitere Beobachtung bekannt geworden, die ein gleiches Verhalten, wie es unser Fall darbietet, nachweist.

Verlauf und Symptome.

Von allen Boobachtern wird übereinstimmend angegeben, es sei der erste Anfang des Leidens so unmerklich, dass die Patienten gewöhnlich zufällig eine totale oder partielle Volumszunahme des Organs entdecken, die ihrer Grösse nach zu urtheilen, schon längere Zeit bestanden haben muss. In Folge dessen sind auch die Angaben über die erste Entstehung des Leidens selten genau. Die Fälle, in denen von Anfang an die ganze Mamma betheiligt ist, sind weitaus die selteneren. Der gewöhnliche Anfang besteht vielmehr in der Bildung eines kleinen, umschriebenen, ganz mobilen Knotens, der seinen Sitz in den verschiedensten Partieen der Drüse haben kann. Unsere sechs Fälle verhalten sich folgendermassen mit Bezug auf diesen Punkt. Bei vier Fällen hatte ein kleiner indolenter Knoten mehrere Jahre lang bestanden, bei zweien sogar über zwanzig Jahre. Bei einem war die Mamma von Anfang an in toto ergriffen und der Tumor schubweise gewachsen und im letzten Fall gedieh die Geschwulst stetig und langsam innerhalb drei Jahren zur Grösse eines Apfels heran. In den obigen vier Fällen erfolgte nun ein weiteres Wachsthum in der Weise, dass in einem die Geschwulst binnen einem Vierteljahr von Wallnussgrösse bis zur Grösse von zwei Mannsfäusten zunahm, bei den drei übrigen ebenfalls die Entwicklung rasch und in steigender Progression vor sich gieng. Da diese vier Tumoren eine nahe übereinstimmende Structur bieten, so liegt es nahe anzunehmen, es habe im ursprünglich vorhandenen Sarcom- oder Fibromknoten eine rasch sich verbreitende Wucherung eines weicheren Gewebes begonnen, auf die Milchgänge übergegriffen und zu deren cystischen Ausdehnung geführt. Aus dem Umstande, dass die betreffenden Kranken sich sämmtlich in einer und derselben Altersperiode befinden, scheint hervorzugehen, dass gerade die Involutionszeit die Weiterentwicklung dieser Geschwülste begünstigt.

Aus den Wachsthumsverhältnissen ist schon ersichtlich, dass die Grösse der relativ gutartigen Tumoren den bedeutendsten Schwankungen unterliegt. Sie wechselt von den Dimensionen einer Haselnuss oder Kastanie bis zu denen des Kopfes eines Erwachsenen. Gerade das bedeutende Volumen wird oft für diese Geschwülste charakteristisch, indem die Carcinome nur ganz ausnahmsweise diese Dimensionen erreichen. Den nämlichen Schwankungen unterliegt die Consistenz. Meistens fühlt man einen festen aber elastischen Widerstand bei der Palpation. Oft ist die Consistenz knorpelartig, nur selten aber steinhart, wie bei den Fibromknoten oder geschrumpften Skirrhen. Ein werthvolles Symptom ist das Fluctuationsgefühl, das dann gefunden wird, wenn eine grössere Cyste oberflächlich unter der Haut liegt. Es gelingt alsdann inmitten des derben, resistenten Gewebes eine Stelle nachzuweisen, die in beschränktem Umfang deutlich fluctuirt. Geringeres Gewicht ist auf ein undeutliches Fluctuationsgefühl zu legen, da dies sehr leicht zu verwechseln ist mit der Resistenz, welche die Partieen von weichem Geschwulstgewebe dem tastenden Finger darbieten. Mit Bezug auf die Form fällt zunächst und constant die vollkommene Abgränzung des Tumors von der Umgebung auf. Ist er klein, so liegt er in Gestalt eines Fremdkörpers in der sonst unver-

änderten Drüse. Meist ist die Oberfläche dann kuglig oder
oval. Hat aber die Geschwulst die ganze Mamma ergriffen,
oder durch ihr Wachsthum ganz verdrängt und zur Atrophie
gebracht, so liegt sie ebenso frei in ihrer Umgebung. Auch
da ist meistens die Form kuglig, ohne dass die höchste Stelle
gerade der Brustwarze entspricht, oder länglich oval, mitunter stumpf kegelförmig. Bei sehr grossen Dimensionen
wird die Geschwulst überhängend. Da in diesen grossen Tumoren feste, derbe Partieen mit weichen unregelmässig abwechseln, so bleibt auch die Oberfläche nicht mehr glatt, sie
bekommt Vorsprünge und Buchten, man fühlt Knollen, die
sich mehr oder minder scharf begränzen. Von der weit-
gehenden Lappenbildung, die diese Tumoren sehr oft in ihrem
Innern zeigen, ist deswegen an der äussern Form nichts wahrzunehmen, weil die einzelnen Lappen nicht durch Umhül-
lungen abgegränzt sind, sondern gegenseitig in nackter Berührung stehen und durch den bedeutenden Druck, der im
Innern des Tumors vorhanden ist, auf einander gepresst
werden. Wenn schon die blosse Betrachtung genügt, um
die Isolation der Geschwulst von der Umgebung vermuthen
zu lassen, so wird das Verhältniss dadurch erwiesen, dass
man den Tumor in jeder beliebigen Richtung auf der Brustwand hin und her schieben kann in den Fällen, wo er die
ganze Drüse betheiligt. Auch wenn eine kleine Geschwulst
nur einen Theil der Mamma einnimmt, existirt gewöhnlich
Verschieblichkeit gegenüber dem Drüsenparenchym, doch wird
dies hier nicht so deutlich, weil die umhüllende Kapsel oft
aus einem straffen Gewebe besteht, das den Tumor stärker
fixirt.

So lange die Tumoren klein bleiben, geht auch die be-
deckende Haut vollkommen unbetheiligt über sie hin. Wenn
sie jedoch rasch heranwachsen und namentlich, wenn es unter
der Oberfläche zur Bildung von Hohlräumen mit Excrescenzen
angefüllt kommt, ändert sich die Sache. Nicht nur spannt
und verdünnt sich die Haut immer mehr, es werden auch

die Venen des subcutanen Gewebes erweitert durch den
erschwerten Abfluss des Blutes, noch bevor sich Adhärenz
der Geschwulst mit der Haut zeigt. Wächst der Tumor
noch weiter, so bleibt auch diese nicht aus und erscheint
zunächst an den am meisten hervorragenden Geschwulstpartieen. Zugleich wird die Haut roth bis violett gefärbt,
oft mit einem Stich ins Bräunliche, und bei genauerem Zusehen entdeckt man die zierlichsten Netze kleiner oberfläch-
licher Hautvenen, die ganz denen auf der Oberfläche der
Nieren ähnlich sehen. Endlich verdünnt sich die Haut immer
mehr und wird zunächst an einer Stelle durch den Druck
des Tumors nekrotisch. Stösst sich der kleine Schorf ab,
so entleert sich eine geringe Quantität eines bräunlichen,
trüben, klebrigen Serums. Der Grund dieser Ulceration ist
dann oft sehr uneben, schmutzig gefärbt und secernirt eine
spärliche, übelriechende Jauche. Sehr häufig nimmt nun
von da aus die Wucherung überhand. Es erheben sich
kolbige, polypöse Massen aus der Wunde, welche das Niveau
der Haut überragen und nun unbeschränkt fortwachsen können. Diese letztern Erscheinungen, wegen deren früher solche
Geschwülste unfehlbar als Markschwämme gedeutet wurden,
sind indessen keineswegs so bedrohlich, wie es auf den
ersten Blick scheint. Die Wucherung mit Durchbruch der
Haut bleibt nämlich lokal, ohne dass sich der Charakter
der Geschwulst im Ganzen ändert. Sie bleibt nach wie vor
verschiebbar und man findet immer noch Stellen, wo die
Adhärenz mit der Haut fehlt. Die erwähnten Erscheinungen
erklären sich einfach daraus, dass an einer Stelle, wo eine
Cyste unter der Haut liegt, die letztere dem Druck keinen
Widerstand mehr leistet und nekrotisirt. Ist dann dieser
Widerstand aufgehoben, so können sich die polypösen
Excrescenzen, die vorher zusammengepresst waren, freier
entfalten und rascher wachsen. Dieser letztere Process
setzt sich wie gesagt nicht ins Innere der Geschwulst fort.
Wo aber mehrere Hohlräume unter der Haut liegen, da

kann auch der Durchbruch multipel werden. Die Brustwarze bleibt bei kleinen gutartigen Tumoren unbetheiligt. Werden die Geschwülste gross und ziehen sie die Haut in Mitleidenschaft, so verstreicht die Warze einfach, ohne adhärent zu werden. Anders verhält sie sich zuweilen, wenn eine Cystenwand unter ihr liegt und diese mit der Haut verwächst. In diesen Fällen wird sie öfter eingezogen und meistens obliteriren die Ausführungsgänge. Doch liegen Beobachtungen vor, wo diese offen blieben, und von Zeit zu Zeit sich ein trübes, bräunliches Serum daraus entleerte.

Trotz der enormen Grösse, zu der die relativ gutartigen Tumoren mitunter heranwachsen, ist das Freibleiben der Achseldrüsen ein konstantes Symptom. In unsern sechs Fällen wurde nie eine Schwellung in ihnen wahrgenommen. Andere geben an, dass sie sich bisweilen vergrössern, aber von selbst wieder abschwellen, so dass von ihrer Theilnahme an der Geschwulstbildung keine Rede sein kann. Ueberhaupt habe ich keinen Fall auffinden können, wo die Achseldrüsen mitexstirpirt worden sind und selbst in den wenigen Fällen, wo Metastasen in innern Organen und Recidive eintraten oder die Geschwulst per continuitatem fortschritt, blieben die Drüsen unbetheiligt.

Mit der Schmerzhaftigkeit verhält es sich verschieden. Sie fehlt häufiger ganz sowol bei kleinen, als grossen Geschwülsten. Die Schmerzen, welche mitunter dabei auftreten, sind von zweierlei Art. Die einen sind stechend, oft ausstrahlend, selbst bis gegen den Arm hin, aber immer nur flüchtig und werden öfter bei kleinen Tumoren beobachtet. Die der andern Art sind brennend und reissend und treten meist da auf, wo Durchbruch durch die Haut droht oder schon stattgefunden hat. Namentlich sind die frei zu Tage liegenden fungösen Excrescenzen mitunter recht empfindlich. Unser erster und vierter Fall liefern hiefür Beispiele. Schmerz bei Druck auf den Tumor ist ebenfalls nicht häufig vorhanden. Eine grosse Zahl, namentlich der kleinern Geschwülste verhält sich völlig indolent.

Das Allgemeinbefinden bleibt selbst bei den grössten Tumoren relativ ungestört. Alle sogenannten kachectischen Erscheinungen, die bis zu einem gewissen Grade selbst bei kleinen Carcinomen der Mamma nicht lange auf sich warten lassen, wie Anämie, Ernährungsstörungen, fahle Gesichtsfarbe, fehlen hier in der Regel vollständig, so dass man oft sogar von einem Missverhältniss zwischen der Grösse des lokalen Leidens und dessen Wirkung reden kann. Ist der Tumor aufgebrochen, schmerzhaft geworden, besteht Jauchung, dann kann natürlich Fieber auftreten, in Folge der Schmerzen der Schlaf gestört werden, der Appetit sich verlieren und Abmagerung erfolgen. Es möge an dieser Stelle eine Beobachtung Velpeau's ausführlicher erwähnt werden, die beweist, auf welchen Grad die Erscheinungen selbst bei einem gutartigen Tumor sich steigern können, wenn die geeignete Behandlung ausbleibt und was dagegen eine solche zu leisten vermag. Die betreffende Patientin, eine 46jährige Dame trug, als sie Velpeau zum ersten Mal sah, seit 4 Jahren einen Tumor von der Grösse zweier Fäuste in der rechten Mamma. Die Form war knollig, die Consistenz im Ganzen elastisch fest, an einigen Stellen aber weicher, die Haut zum Theil adhärent. Der Tumor war angeblich in Folge eines Schlages entstanden. Die Kranke konnte sich damals nicht zu einer blutigen Operation entschliessen, und Velpeau musste sich daher begnügen die Geschwulst durch Caustica anzugreifen. Nach einander wurden Kali caust., Chlorzinkpaste und Acid. sulfur. auf den Tumor applicirt und dieser in drei Monaten scheinbar vollständig zum Verschwinden gebracht. Die Patientin wurde mit einer, noch einige Centimeter im Durchmesser haltenden Wundfläche, die von einem leicht indurirten Rand umgeben war, entlassen. Drei Jahre später sah Velpeau die Patientin zum zweiten Mal. Die vorher gesunde Frau war buchstäblich zum Skelett abgemagert und ausserordentlich schwach. Dieser Zustand war hervorgerufen durch ein Recidiv der ersten Geschwulst, welches in Gestalt einer fungösen Masse die ganze rechte Brusthälfte bedeckte von der Clavicula bis zum Ansatz des Zwerchfells und von der Achselhöhle bis zum linken Sternalrand. Die Oberfläche dieser enormen Scheibe war von grauröthlicher Farbe, die Dicke betrug 3—6 Cm. Sie secernirte eine spärliche Jauche. Die Bedeckung des Tumors fehlte auf der ganzen äussern Oberfläche. Beim genauern Zusehen fand sich, dass sie zum grössten Theil der Brustwand einfach auflag ohne damit verwachsen zu sein. Der Pilz sass vielmehr mit einem ungefähr 15 Cm. breiten Stiel in der Gegend der ehemaligen Mamma fest. Wegen des enormen Schwächezustandes der Patientin entschloss sich Velpeau erst auf ihre inständigen Bitten die Exstirpation zu versuchen. Er spaltete den Tumor zunächst in zwei Hälften und entfernte die eine. Ohne Mühe gelang es eine reine Wundfläche zu erhalten und die geringe Blutung zu stillen. Nach vier Tagen wurde die andere Hälfte ebenfalls abgetragen. Die beiden Wunden, deren Durchmesser im Ganzen 12—15 Cm. betrug, heilten vortrefflich und die Patientin wurde wieder kräftig und blühend wie vor der Erkrankung.

Bezüglich der Ausbreituug unserer Geschwülste gehört das Ergriffensein beider Mammae, wie es unser zweiter Fall zeigt, im Ganzen zu den seltenen Erscheinungen. Dagegen ist öfter beobachtet, dass nach Exstirpatiou eines Tumors der einen Mamma, in der andern ein zweiter auftrat. Trotzdem wurde nach Entfernung der Geschwulst bleibende Heilung erzielt. Auch multiples Auftreteu kleiner hieher gehöriger Tumoren in derselben Drüse ist beobachtet. Doch gehören alle diese Fälle zu den seltenen Ausnahmen.

Schon oben wurde erwähnt, dass Ausbreitung in der Umgebung fast immer fehlt, doch kommt es vor, besonders bei Sarcomen, dass sie auf die Muskulatur übergreifen und

zwar in Gestalt kleiner, isolirter Heerde ausser Zusammenhang mit der Hauptgeschwulst. Ebenso selten sind im
Ganzen genommen die Recidive, welche übrigens von Allen,
die viele Fälle gesehen hatten, als Ausnahme beobachtet
sind. Dergleichen wurden zweierlei Art beschrieben, einmal solche von gleichem Charakter mit der Primärgeschwulst,
die nach der Operation nicht wiederkehrten, dann aber auch
solche mit wirklichem Uebergang in Carcinom. Eine genaue Darstellung des anatomischen Befundes einer solchen
Geschwulst hat Billroth gegeben. Bei den jetzt geltenden
Ansichten übrigens über die Genese des Carcinoms muss
späteren Beobachtungen vorbehalten bleiben, darüber zu entscheiden, ob in der That in diesen Fällen eine Umbildung
einer Geschwulst in die andere stattfindet oder ob nicht
beide gleichzeitig von verschiedenen Geweben her sich entwickeln. Dagegen wurde schon von Virchow ausdrücklich
betont, dass Metastasen in den verschiedensten Organen bei
Geschwülsten, die unzweifelhaft in unsere Gruppe gehören,
vorkommen und unser erster Fall liefert hiefür einen weitern
wichtigen Beleg. Auf welchem Weg die Metastasenbildung
hier erfolgt, ist räthselhaft. An eine directe Verschleppung
aus der Geschwulst durch die Lymphwege zu denken, ver-
bietet die Nichtbetheiligung der benachbarten Lymphdrüsen.
Das Vorkommen von so zahlreichen Metastasen wie es der
Virchow'sche Fall [1] zeigte, spricht mehr dafür, dass mit
dem schrankenlosen Fortwuchern des primären Tumors eine
Disposition zur gleichzeitigen Sarcombildung in den verschiedensten Organen aufgetreten ist, ohne dass man dess-
wegen eine directe Infection durch irgendwie verschlepptes
Geschwulstmaterial anzunehmen braucht.

---

[1] Virchow's Archiv, Bd. 9, p. 619.

Zur pathologischen Anatomie.

Eine specielle Charakteristik aller der verschiedenen
Geschwulstformen, in welche die klinische Gruppe der relativ gutartigen Tumoren der Mamma vom anatomischen
Standpunkte aus zerfällt, zu geben, ist mir desshalb unmöglich, weil mir nur ein kleiner Theil aus eigener An-
schauung bekannt ist und wegen der grossen Polymorphie
erst die Uebersicht über ein grosses Material zu bestimmten
Aufstellungen führen kann. Wie aus den Beschreibungen
bei den einzelnen Fällen ersichtlich ist, habe ich mich dabei
genau an die Virchow'sche Auffassung gehalten.

Bloss ein Punkt soll hier noch besonders besprochen
werden, nämlich die Verhältnisse des epithelialen Antheils
unserer Geschwülste und dessen Beziehungen zu ihrer Entwicklung. Ueber diesen Punkt, der noch manches Dunkle
bietet, hoffte ich Aufschlüsse zu erlangen durch die Untersuchung der kleinsten und am weitesten nach dem Innern
der Hohlräume zu gelegenen papillaren Excrescenzen, da
ich von ihnen annehmen konnte, sie seien die zuletzt entstandenen. Nach vorgängiger Conservirung in Müller'scher
Flüssigkeit und Alkohol waren kleine Stücke soweit erhärtet,
dass sie in Gummi eingebettet und in successive Schnitte
zerlegt werden konnten. So oft die geeignete Conservirung
am frischen Präparat gleich beginnen konnte, wurde der
Epithelüberzug an der Oberfläche dieser Excrescenzen nirgends vermisst, ebenso wenig bei der Untersuchung im ganz
frischen Zustand. Dagegen fehlte er manchmal nach man-
gelhafter Conservirung auch da, wo das Epithel im frischen
Zustand sich gefunden hatte.

Schon bei Angabe der einzelnen mikroscopischen Befunde wurde mitgetheilt, dass auch diese kleinen Excrescenzen, die von aussen scheinbar solid erscheinen, doch von
einer Menge feiner Spalten in unregelmässiger Weise tief

eingeschnitten sind. Alle diese Spalten haben an gut er-
haltenen Präparaten einen continuirlichen Epithelüberzug.
Ausser ihnen gewahrte man aber noch besondere drehrunde
Kanäle, die in ganz unregelmässiger Vertheilung von der
Oberfläche der polypösen Excrescenzen ins Innere verlaufen
von verschiedener Länge und Gestalt. Die einen sind kurz,
überall gleich weit, andere theilen sich am Ende gablig,
noch andere münden nach kurzem Verlauf von der Oberfläche aus in eine grössere sackförmige Erweiterung. Alle
diese Gänge tragen das nämliche Epithel, wie die Oberfläche.
Uebrigens erfolgt der Uebergang vom Geschwulstgewebe
zum Epithel immer unmittelbar, es ist nirgends ein homogener Gränzsaum sichtbar. Die bezeichneten Gänge fand
ich bei drei Tumoren vor und, wie gesagt, stets in den am
weitesten nach Innen gelegenen, jüngsten Excrescenzen.
Es waren das sämmtlich ganz grosse Geschwülste, zwei
stellten Combinationen von pericanaliculärem Fibrom und
Sarcom dar, eine war ein reines Cystomyxom.

Aus diesem Befund, der eine grössere Verbreitung von
Epithel in diesen Tumoren nachweist, als man bisher beobachtet hat, geht soviel klar hervor, dass eine Epithelwucherung in ihnen nothwendig stattfinden muss. Ver-
gegenwärtigt man sich ihre grosse Zerklüftung und Spalten-
bildung und die dadurch gesetzte enorme Ausdehnung der
epitheltragenden Fläche, so ist ersichtlich, dass nur eine
bedeutende Production diesem Bedarf genügen kann. Er
wird jedenfalls nicht gedeckt durch das in der normalen
Drüse befindliche Epithel, wenn man, wie es von vielen
Seiten geschehen ist, dessen Persistenz annimmt. Einerseits
steht die Oberfläche der Milchgänge der normalen Drüse
in keinem Verhältniss zu derjenigen aller der Spalten der
Geschwulst, anderseits sind Fälle beobachtet, wo sich der
Tumor von einem kleinen Heerd aus abgekapselt weiter
entwickelt und ohne die übrige Drüse in sich aufzunehmen,
diese durch einfachen Druck zur Atrophie bringt.

Die wahrscheinlichste Entstehung dieser Epithelwucherung scheint mir folgende. Sowie die Geschwulstbildung anfängt auf die Wände der gröbern Ausführungsgänge überzugreifen, wird auch ihr Epithel zur Weiterentwicklung angeregt und seine Ausbildung geht von da ab Hand in Hand mit der Wucherung des interstitiellen Gewebes. Wo die erstere zurück bleibt, kann es gar nicht zur Bildung dieser Hohlräume, mit papillären Wucherungen gefüllt, kommen, vielmehr müssen da die Gänge einfach obliteriren und solide Geschwulstmassen entstehen. Am regelmässigsten entstehen die papillären Excrescenzen da, wo die interstitielle Wucherung und die Epithelbildung gleichmässig und stetig vor sich geht. Was nun die in den Excrescenzen selbst befindlichen Gänge betrifft, so sind diese von Frühern schon oft beobachtet worden, so z. B. von Rokitansky, der darauf bezügliche Abbildungen gibt. Die Einen wollten darin den Beweis für die eigentliche Neubildung von Drüsengewebe finden; Andere aber sahen darin nichts weiter als die Persistenz der ursprünglichen Acini und Drüsenausführungsgänge, die durch die interstitielle Wucherung auseinandergedrängt und verschleppt sein sollten.

Man stellte sich nun auf zweierlei Weise vor, wie diese persistirenden Acini in die papillären Excrescenzen hineingelangen. Einmal kann ein kleiner Milchgang an zwei Stellen von der Wucherung ergriffen werden. Die letztere stülpt sich ein, wächst an den beiden Stellen sich entgegen, verschmilzt und schnürt dadurch einen Theil des Ganges ab. Anderseits kann ein Drüsenacinus persistiren inmitten des interstitiellen Geschwulstgewebes und bei weiterem Wachsthum mit in die Wand eines grössern Milchganges eingestülpt werden oder beim Durchbruch der Wand ebenfalls innerhalb desselben zu liegen kommen.

Diese beiden Arten der Entstehung erklären das Vorkommen epitheltragender Hohlräume im Innern der Excrescenzen, ohne dass man eine Neubildung von Epithel anzunehmen braucht. Alle diejenigen, welche die letztere für das Cystosarcom in Abrede stellen, denken sich daher die Existenz der Hohlräume auf eine der beiden angegebenen Arten zu Stande gekommen. Ihre Bildung durch Einstülpung und Abschnürung der Wand von Milchgängen lässt sich in der That an vielen Präparaten als wahrscheinlich erkennen. Wenn an einer beschränkten Stelle einer solchen epitheltragenden Excrescenz das Wachsthum zurückbleibt, an den angränzenden Partieen aber vorwärts schreitet, so bilden sich zwei Hügel mit einer seichten Grube dazwischen. Durch fortschreitende Erhöhung der erstern wird der Graben immer tiefer und wenn die Vorsprünge sich lang ausziehen, entsteht aus der Grube ein Blindsack. Schliesslich können die Spitzen der Vorsprünge sich berühren und verschmelzen und man erhält nun einen allseitig von Geschwulstmasse umgränzten Hohlraum, der noch das ursprünglich der äussern Oberfläche angehörige Epithel trägt. Man bekommt in der That diesen Vorgang in verschiedenen Stadien zu Gesicht.

Der zweite Modus der Entstehung dieser Räume durch Verschleppung normaler Acini und theilweise obliterirter Drüsengänge scheint mir unwahrscheinlich aus schon früher erwähnten Gründen. Einmal sehen diese Hohlräume gar nicht aus wie normale Acini, ihr Durchmesser ist grösser, sie sind kreisrund, liegen ganz isolirt und haben ein viel grosszelligeres Epithel. Zudem ist es für diese grossen Geschwülste, denen die Beobachtungen sämmtlich entnommen sind, sehr unwahrscheinlich, dass man in den jüngsten rasch gewucherten Geschwulstpartieen durch diesen Verschleppungsmodus noch unveränderte Theile der normalen Drüse finden werde, und zumal ist das ganz unmöglich, wenn die Drüse neben dem Tumor einfach atrophisch wieder gefunden wird.

Uebrigens läugne ich keineswegs, dass normale Drüsenbestandtheile in den Geschwülsten, die uns hier beschäftigen, nicht persistiren können, obschon ich sie nie mit Sicherheit beobachtet habe. Billroth's Erfahrungen stellen ihr Vorhandensein ausser allen Zweifel. Bloss ist zu beachten, dass sich seine Bilder auf die von ihm sogenannten adenoiden Sarcome beziehen, also kleine in der unveränderten Mamma liegende Tumoren von relativ fester Textur. Wenn es sich in ihnen namentlich um eine interstitielle Bindegewebsneubildung handelt mit Dilatation der Ausführungsgänge, so bleiben in der Regel die Drüsenacini, obwohl isolirt und von den Milchgängen getrennt, unverändert bestehen.

Endlich aber sieht man da, wo die Wucherung des interstitiellen Gewebes in den papillären Excrescenzen der grossen Geschwulst nicht Schritt hält mit der Entwicklung des Epithels, das letztere sich in Gestalt längerer oder kürzerer drehrunder Schläuche in das Geschwulstgewebe einstülpen, die entweder einfach blindsackartig enden, oder sich am Ende gablig theilen. Diese Hohlsprossen werden am blinden Ende öfters abgeschnürt und sind in diesem Zustand alsdann nicht mehr zu unterscheiden von den durch papilläre Wucherung mit nachfolgender Abschnürung entstandenen Hohlräumen. Ob die Epithelneubildung mit der Production des zähen schleimigen Inhalts, der die Spalten der Geschwulst ausfüllt, im Zusammenhang steht, vermochte ich nicht zu entscheiden. Unter den Epithelien fanden sich keine, welche auf schleimige Metamorphose schliessen liessen, auch keine Becherzellen. Die Möglichkeit eines solchen Vorgangs ist dadurch keineswegs bestritten und gelingt es vielleicht bei weiterer Aufmerksamkeit Beweise für die epitheliale Secretion zu finden.

Die angegebenen Beobachtungen enthalten Alles, was dem Epithel an Betheiligung bei den Cystosarcomen und verwandten Geschwülsten zugeschrieben werden kann. Nirgends fanden sich Spuren weiteren Fortschrittes der epithelialen Neubildung in Gestalt von Kolben, Zapfen oder isolirten Heerden. Im Ganzen ergibt sich also daraus die Bestätigung der bisherigen Annahmen, dass die fraglichen Tumoren im interstitiellen Gewebe als Fibrome, Myxome

und Sarcome ihren Ursprung nehmen und diesen Charakter
durchaus beibehalten. ·Bloss wird ihnen, wenn sie mit Betheiligung der Milchgänge einhergehen, eine weitere Eigen-
thümlichkeit dadurch verliehen, dass das Epithel dieser Gänge
durch die Wucherung angeregt sich nun mit an der Weiterentwicklung des Tumors betheiligt und zwar in einer gewissen regelmässigen Weise, die für die sämmtlichen verschiedenen Geschwülste und ihre Combinationen dieselbe
bleibt. Man kann daher dem Gedanken wohl Raum geben,
in ihnen etwas mehr zu sehen, als blosse histioide Geschwülste
und sie als den einfachsten Typus organoider Neubildungen
betrachten.

Die wahre Drüsenneubildung in der Mamma, das eigentliche Adenom verhält sich dagegen, wie die mitgetheilte
Beobachtung lehrt, ganz verschieden. Das Wesentliche dabei
ist eine Hyperplasie der wichtigsten Drüsenbestandtheile,
der gesammten Acini. Das Adenom steht in der Mitte zwischen
blosser Hypertrophie und dem Cancroid. Von der ersten
unterscheidet es sich durch das Fehlen der Ausführungsgänge, durch die Existenz der geschlossenen Blasen, die
jede für sich, dicht neben einander liegen, vom Cancroid
aber durch die Anwesenheit einer tunica propria und den
Mangel einer fortschreitenden, in das umgebende Gewebe
hineinbrechenden Wucherung. Zum Cystosarcom und dessen
Verwandten steht das Adenom in gar keiner Beziehung.
Es verhält sich dazu vielmehr geradezu umgekehrt mit Bezug auf den Ausgangspunkt. Das Adenom geht vom eigentlichen Drüsengewebe aus und das interstitielle Gewebe betheiligt sich am Aufbau der Geschwulst nicht mehr als an
demjenigen der normalen Drüse.

Zur Diagnose.

Wie sich aus den Symptomen ergibt, kann die klinische Diagnose unmöglich zugleich eine anatomische sein. Wir besitzen vorläufig kein Mittel, um unter den relativ und absolut gutartigen Tumoren der Mamma die partielle Hypertrophie vom Adenom, Fibrom und Sarcom mit Sicherheit zu unterscheiden. Noch weniger ist dies möglich bei den mit Cystenbildung combinirten interstitiellen Neubildungen. Diese zeigen sämmtlich in Verlauf und Symptomen die grösste Uebereinstimmung, die ihre specielle Bestimmung im Lebenden unmöglich macht. Was sich unter den gutartigen Geschwülsten diagnostisch trennen lässt, reduzirt sich auf die diffuse Hypertrophie, die partiellen Fibrome und grössern Cysten. Die diffuse Hypertrophie geht mit allseitiger Volumzunahme des Organs einher, vergrössert sich sehr langsam und allmälig und verhält sich indolent. Das Gefühl allein gibt keinen sichern Anhalt zur Unterscheidung, da in ihm derbe Partieen mit weicheren abwechseln und das Gefühl von Knoten vortäuschen können. Das nämliche gilt vom Lipom, wo sich aber die einzelnen Lappen öfter deutlich durchfühlen lassen. Die Cysten werden durch die Fluctuation erkannt und den Mangel solider Geschwulstmasse in der Umgebung. Liegen sie jedoch tief und treten sie multipel auf, so ist die Diagnose ebenfalls sehr erschwert, da die Fluctuation dann ganz undeutlich wird. Einfache, partielle Fibromknoten zeichnen sich durch ihre grosse Härte aus und werden dadurch mitunter erkennbar. Sicherere Anhaltspunkte, als sie für die differentielle Diagnose der relativ gutartigen Geschwülste unter sich bestehen, ergeben sich für die Unterscheidung der ganzen Gruppe von den Carcinomen. Für die kleinern Geschwülste sind dies die leichte Verschieblichkeit innerhalb der Drüse, die Schmerzlosigkeit

bei Druck, die Nichtbetheiligung der Haut und der Brustwarze, endlich das Fehlen jeder Anschwellung der Achseldrüsen. Für die Tumoren, welche die ganze Mamma ein-
nehmen, treffen in vielen Fällen die angegebenen Zeichen
nur theilweise zu. Die Haut kann mit der Geschwulst verwachsen sein und Venenektasie zeigen, es kann Ulceration
bestehen, selbst Wucherung fungöser Massen, bedeutende
Schmerzhaftigkeit, und doch geben uns auch dann noch
gewisse Erscheinungen sichere Weisung, die Geschwulst für
nicht carcinomatös zu erklären. Es bestimmt dazu ihre
Verschiebbarkeit auf der Thoraxwand, die kegelförmige Gestalt, das Freibleiben der Achseldrüsen und das nicht ge-
störte Allgemeinbefinden. Auf das Verhalten der Brustwarze
dagegen ist weniger Gewicht zu legen. Sie ist öfter eingezogen und mit dem Tumor verwachsen, ähnlich wie beim
Carcinom, in andern Fällen aber verstrichen und kaum
mehr aufzufinden. Ist die seltene Erscheinung periodischer
Entleerung von Flüssigkeit aus ihr zugegen, so ist dies
Zeichen beweisend für das Vorhandensein einer Cyste und
spricht somit mit einiger Sicherheit gegen Carcinom. Gerade
bei den grossen Cystosarcomen wird die differentielle Diagnose von Carcinom oft leichter als bei kleinen Tumoren,
denn wenn ein Carcinom einmal einen ähnlichen Umfang
erreicht hat, fehlt auch die weitere Ausbreitung auf die
Umgebung und die benachbarten Drüsen gewiss nicht mehr.
Dagegen ist die Unterscheidung einer relativ gutartigen,
kleinen und umschriebenen Geschwulst von einem Carcinom
im Anfangsstadium oft sehr schwierig. Hier liefert manchmal bloss eine lange fortgesetzte Beobachtung des Wachsthums einen bestimmten Anhaltspunkt, indem bei jener die
Grösse lange stationär bleibt, beim Carcinom aber eine stetige
Zunahme der Erscheinungen nicht auf sich warten lässt.

Zur Prognose.

Als es den fortgesetzten Bemühungen der Chirurgen gelungen war die klinischen und anatomischen Unterschiede unter den Brustdrüsengeschwülsten schärfer festzustellen, versuchten sie die Haupteintheilung nach dem praktisch wichtigsten Gesichtspunkt, sie schieden die gutartigen Tumoren von den malignen und identifizirten die letztern mit den Carcinomen. Eine weitere Beobachtung hat nun ergeben, dass es Tumoren gibt, die zwar entschieden malignen Verlauf haben, aber nach Symptomen und anatomischer Structur entschieden nicht zu 'den Carcinomen gehören, vielmehr in den äussern Symptomen so · mit den wirklich benignen Tumoren übereinstimmen, dass sie davon während des Lebens nicht zu unterscheiden sind. Es gilt diess vorzugsweise von den Sarcomen, die äusserlich oft nicht die geringsten Unterschiede zeigen und doch einen äusserst abweichenden Verlauf haben, zu dessen Vorhersage öfters bloss die mikroscopische Untersuchung einen Anhaltspunkt liefert. Ausserdem ist gerade für die Entscheidung dieser Frage die Brustdrüse ein vorzugsweise ungünstiger Ort wegen der ausserordentlich häufigen Combinationsgeschwülste, die man hier trifft und die sich äusserlich durchaus nicht unterscheiden lassen. Besonders gilt dies von grossen Tumoren. Dagegen wird man bei kleinen, lange stationär gebliebenen, allseitig im Drüsengewebe mobilen Geschwülsten sicherer radicale Heilung versprechen dürfen, vorausgesetzt dass ihre Exstirpation vorgenommen werden kann. Wird die letztere aber verweigert, so verhält sich die Sache anders. Wenn auch der Uebergang einer solchen kleinen Geschwulst in Carcinom zu den nicht sicher constatirten Thatsachen gehört, so kann man doch nie wissen, ob nicht eine solche Geschwulst, deren anatomischen Charakter zu eruiren ja unmöglich ist, später in ein rapides Wachsthum geräth und dann, wenn sie auch nicht gerade metastasirt, doch viel grössere Beschwerden verursacht und den operativen Eingriff, der zu ihrer Entfernung nöthig ist, bedeutender werden lässt. Zudem ist zu beachten, dass bei grossen Tumoren der Brustdrüse die radicale Heilung unsicherer versprochen werden kann. Dass sich diese aber in der That aus lange stationär gebliebenen kleinen Geschwülsten entwickeln, ist eine längst constatirte Thatsache, die auch in mehreren unserer Fälle wieder eine exquisite Bestätigung findet.

Kann man nach der Exstirpation die anatomische Untersuchung der Geschwulst vornehmen, so gelingt es dann öfters Antwort zu erhalten auf die Frage, ob man ihre Wiederkehr zu erwarten habe oder nicht. Sie wird durch die gleichen Momente bestimmt, die wir für die Geschwülste überhaupt kennen. Man wird besonders auf den Reichthum an zelligen Elementen achten. Ist er bedeutend und die Geschwulst zugleich weich, so kann man mit einiger Sicherheit auf ihr Wiedererscheinen rechnen und umgekehrt. Schon aus diesem Grunde sind die sarcomatösen Geschwülste, gleichviel ob sie die Milchgänge der Drüse betheiligen oder nicht, bedenklicher als die Fibrome, obschon auch bei den letztern Recidive und selbst Wiederkehren in bösartigerer Form nicht zur Unmöglichkeit gehört. Auf der andern Seite sind auch Sarcomrecidive nicht absolut hoffnungslos, indem radicale Heilung nach wiederholten Exstirpationen doch öfter zu Stande gekommen ist.

Zur Therapie.

Die Mittel, welche man zur Beseitigung der relativ gutartigen Tumoren der Brustdrüse angewandt hat, richten sich nach Ausdehnung und Form der Geschwulst. Hat man eine diffuse, indolente, langsam entstandene Volumszunahme des Organs vor sich, wobei man im Zweifel bleiben kann, ob es sich um einen Tumor im engern Sinn handelt, so wird man nicht ohne weiteres an die Exstirpation denken. Es kommen hier die nämlichen Mittel zunächst in Betracht, die man für die Behandlung chronischer, interstitieller Entzündungen kennt. Unter dem Gebrauch von Resorbentien, von Jodkalium, von Soolbädern ist es öfter gelungen, solche Schwellungen zu beseitigen, besonders auch unter Zuhülfenahme örtlich ableitender Reizmittel, wie Jodanstriche, reizender Einreibungen u. drgl. Auch lange fortgesetzte Compression durch Bandagen leistet manchmal etwas. Sobald man aber die Ueberzeugung gewonnen hat, dass es sich um eine wirkliche Neubildung handelt, ist so gut wie nichts mehr von diesen Mitteln zu erwarten. Es bleiben da nur noch zwei Wege offen. Entweder man verfährt exspectativ oder schreitet gleich zur Operation. Heilversuche anderer Art können hier nur nachtheilig wirken. Einmal tragen sie zur Verschlechterung des Allgemeinzustandes bei, und trüben damit, wenn die Operation unvermeidlich wird, ihre Prognose, oder die Patienten werden einfach getäuscht und unnütz gequält. Das exspectative Verfahren hat den Sinn, durch längeres Zuwarten sich darüber Klarheit zu verschaffen, ob der Tumor wächst oder stationär bleibt. Es ist jedenfalls nur dann indicirt, wenn die Beschwerden des Patienten unbedeutend sind. Dass ein eigentlicher Tumor der Mamma spontan wieder zurückging ohne die Haut zu durchbrechen, wurde in der That in einem Fall von Velpeau beobachtet. Man wird sich aber darauf bei der enormen Seltenheit eines solchen Vorganges niemals verlassen können. Wenn der Tumor stationär bleibt, wird man doch eher geneigt sein, ihn zu entfernen, weil auch da später ein rasches Wachsthum erfolgen kann. Beobachtet man aber eine deutliche Zunahme der Geschwulst im Verlauf einer kürzern Zeit, so ist die Operation jedenfalls indicirt. Der Standpunkt muss in der Frage nothwendig ein anderer werden, als ihn Velpeau formulirt hat. Velpeau operirte kleine adenoide Tumoren bloss auf dringendes Verlangen der Patienten und beim Vorhandensein bedeutenderer Beschwerden. Es ist gegen dieses Verfahren zu erinnern, dass man bei den kleinen Tumoren nie davor sicher ist, dass sie nach langem Stationärbleiben in rasches Wachsthum gerathen und dem entsprechend auch viel grössere Beschwerden verursachen. Ich glaube daher, dass die Pflicht gebietet, die Patienten, welche der Operation abgeneigt sind, auf diesen Punkt besonders aufmerksam zu machen, namentlich weil auch die Prognose der grossen Geschwülste etwas ungünstiger ist, als die der kleinen. Dass man aber grosse relativ gutartige Tumoren der Mamma, welche bedeutende Beschwerden verursachen, auf operativem Weg entfernen muss, abgesehen von allgemeinen Contraindicationen, darüber kann kein Zweifel bestehen, weil man hier die Aussicht hat, das Uebel radical und dauernd zu heilen. Die Indication ist hier eine viel strictere als für das Carcinom.

Es handelt sich endlich noch darum, zu bestimmen, in welchen Fällen die Enucleation des Tumors vorzunehmen sei und in welchen die Amputatio mammae. Für diese Frage kommen bloss die isolirt in der Drüse liegenden, kleinen Geschwülste in Betracht. In diesen Fällen wird man am besten thun, bei der Operation zunächst eine probatorische Incision über die Höhe der Geschwulst vorzunehmen. Man kann sich dann mit Sicherheit überzeugen, ob sie ganz abgekapselt ist und sich von allen Seiten leicht ausschälen lässt. Vor der Operation lässt sich wegen der Tiefe, in der die Tumoren manchmal liegen, dies nicht immer sicher bestimmen. Findet man die Geschwulst allseitig leicht isolirbar, so wird man die einfache Enucleation des geringern Eingriffs wegen vorziehen. Die Wunde wird in diesem Fall klein, die Heilungsdauer abgekürzt und die Entstellung durch die einfache lineäre Narbe viel geringer

als bei der Amputatio mammae, die eine dauernde Ver-
stümmelung hinterlässt. Zeigt sich aber die Begränzung
nicht so distinct, so wird man auf das unsichere und müh-
same Herausschälen zwischen den Drüsenläppchen verzichten und lieber das erkrankte Organ beseitigen, schon aus
dem Grunde, weil man dadurch günstigere Wundverhält-
nisse für die Heilung schafft. Im andern Fall hätte man
zu der mangelnden Ueberzeugung von der radicalen Beseitigung des Uebels, noch den Nachtheil eine mangelhaften Abfluss der Secrete gewährende, mit vielen Taschen versehene
Wunde zu erhalten, die zu weiterschreitender Entzündung
und Eitersenkung disponirt.

PRAELECTIO INAUGURALIS.

Ueber Sanitätszüge.

Thesen.

1. Auch die gutartigen Brustdrüsengeschwülste sollen möglichst früh operirt werden.
2. Der Beweis eines direkten Zusammenhangs der percipirenden Endapparate in den Sinnesorganen mit den Nerven ist noch nicht geleistet.
3. Es existirt eine genuine Nierenschrumpfung.
4. Die Methode des innern Längsschnittes für die Kniegelenkresection ist zu verwerfen.
5. Die beiden Grosshirnhemisphären sind physiologisch gleichwerthig und können sich in ihren Funktionen substituiren.
6. Die Entfernung intralaryngealer Tumoren vermittelst der Spaltung des Kehlkopfs ist oft der Exstirpation vom Munde aus vorzuziehen.
7. Der organisatorische Theil der Verwundetenpflege bedarf einer noch höhern Ausbildung, um dem medizinischen zu genügen.